# 少年陰陽師

しょうねん おんみょうじ

# 少年陰陽師 肆拾貳

# 浮生幻夢

## 夢見ていられる頃を過ぎ

結城光流—著　涂愫芸—譯

# 重要人物介紹

## 藤原彰子
左大臣藤原道長家的大千金，擁有強大的靈力。現在改名叫藤花，正在服侍脩子。

## 小怪
昌浩的最好搭檔，長相可愛，嘴巴卻很毒，態度也很高傲，面臨危機時便會展露出神將本色。

## 安倍昌浩
十五歲的半吊子陰陽師。父親是安倍吉昌，母親是露樹。最討厭的話是「那個晴明的孫子?!」

## 六合
十二神將之一的木將，個性沉默寡言。

## 紅蓮
十二神將的火將騰蛇，化身成小怪跟著昌浩。

## 爺爺(安倍晴明)
大陰陽師。會用離魂術回到二十多歲的模樣。

**朱雀**

十二神將之一，是天一的戀人。

**天一**

十二神將之一，暱稱是「天貴」。

**勾陣**

十二神將之一，通天力量僅次於紅蓮。

**太陰**

十二神將之一的風將，個性和嘴巴都很好強。

**玄武**

十二神將之一，乍看是個冷靜、沉著的水將。

**青龍**

十二神將之一，從以前就敵視紅蓮。

**脩子**

內親王，因神詔滯留伊勢。

**安倍昌親**

昌浩的二哥，是陰陽寮的天文得業生。

**安倍成親**

昌浩的大哥，是陰陽博士。

**小野螢**

播磨神祓眾的陰陽師。晴明的父親益材，私自替昌浩與她訂下了婚約。

**夕霧**

被稱為現影，隨侍在神祓眾首領家族的身旁。主要是跟隨螢。

**風音**

道反大神的愛女。以前她曾想殺了晴明，現在則竭盡全力幫助昌浩。

# 目錄

# 天壤之別

昌浩邊趴躂趴躂奔跑，邊吸入一大口氣。

「等等！」

好幾個聲音馬上重複相同的話，跟他鬧著玩。

「等等！」

昌浩蹙起了眉頭。

坐在他左肩上的小怪，彈起左邊耳朵，嘆口氣說：

「哎喲，該怎麼說咧，偶爾有觀眾也不錯啊，會比較來勁。」

它敲敲昌浩的頭說：「對吧？」把視線轉回了前方。

昌浩把這個生物暱稱為小怪，它的身軀大小如大貓或小狗般，覆蓋著濃密的白毛，脖子有一圈勾玉般的突起，長長的耳朵不時搖曳，額頭上有花朵般的紅色圖騰，閃閃發亮的圓圓大眼睛猶如融化的夕陽。

它坐在疾速奔馳的昌浩肩上，靈敏地保持平衡，往背後瞥了一眼。

妖車維持絕妙的速度跟在昌浩後面，無數隻小妖像觀眾般整齊排列在妖車的車棚上。

「嗯？怎麼了？」

小妖們察覺小怪的視線，同時歪起了脖子。

昌浩苦著一張臉大叫：

「可惡，等等啊！」

「等等啊！」

昌浩眉間的皺紋更深了。從剛才就是這樣，只要昌浩一大叫，小妖們就跟著重複他的叫喊。昌浩知道它們喜歡看他焦躁的樣子，所以很努力克制那樣的反應，但眉間的皺紋還是越來越多、越來越深。

小怪看到他那樣子，微微拱起了肩膀。

昌浩正在追捕逃走的妖怪。

那隻妖怪每晚都在京城出沒，危害京城居民。雖然還不到有人死亡的地步，但很多貴族走夜路時撞見它，遭到攻擊，連滾帶爬地逃回家。

昌浩受命在事情還沒鬧大前降伏妖怪，這幾天來東奔西走，好不容易找到妖怪，展開了追捕。

降伏妖怪沒什麼不對。祖父安倍晴明是絕代大陰陽師，發生這種事大家一定會依賴他。

但祖父的歲數已經大到可以列入妖怪的範圍了，要降伏妖怪會有種種問題。昌浩

可以說是晴明的手、腳。要代替祖父實際行動有說不出的辛苦，但那也無所謂，真的無所謂，可是……

「加油，孫子！」

聽到背後的聲援，昌浩不由得停下腳步回過頭去。妖車慌忙緊急煞車。

「不要叫我孫子！」

怒吼聲震響。對昌浩來說，那是禁語。雖是事實，但他聽到就火大。被當成嘲弄的題材，怎能不生氣呢。

妖車車之輔憂慮地搖晃身軀。

昌浩毫不掩飾憤怒地瞪著小妖們，他拱起肩膀，怒氣沖沖地問：

「小怪，車之輔說什麼？」

車之輔是昌浩的式，偏偏昌浩就是聽不懂他說的話，必須靠小怪翻譯。

坐在肩上的小怪眨一下眼睛說：

「他說非常對不起，小妖們無論如何都想就近欣賞主人的英姿……」

「英姿？小妖們，你們以為我會輕易相信你們說的話嗎？不如把你們祓除吧？祓除終結你們，對心理衛生最好吧？對，就是這樣，就這麼做吧，哎呀，真是好主意呢。」

「喂，晴明的孫子。」

「你不過是隻怪物，不要叫我孫子！」

「不要叫我怪物！我根本不是怪物啊，要我說幾次你才知道！」

「我也說過好幾次、好幾次、好幾次、好幾次，叫你不要叫我孫子啊！」

小妖們在車棚上看著昌浩和小怪罵來罵去，忽然把視線繞過昌浩，緊盯著某個地方。

長得像猴子還有三根角的猿鬼，把手往那地方一指，猛眨著眼睛說：

「喂，孫子。」

「不要叫我孫子。」

猿鬼沒理會齜牙咧嘴的昌浩，又接著說：

「後面、後面。」

「啊？」

昌浩和小怪同時往後看。

擺好攻擊架式正要撲向他們的妖怪，張大嘴巴，露出了尖牙。

「天哪！」

「哇，什麼時候冒出來的！」

小怪立刻從昌浩的肩膀蹬跳起來，衝撞妖怪。巨體超過一丈高、模樣像熊的妖怪，軀體彎折，被往後彈飛出去。

以敏捷的動作降落地面的小怪，轉向昌浩，甩了甩尾巴。

「你沒事吧？」

「嗯，沒事。」

昌浩點點頭，把注意力集中在妖怪身上。

總不能向晴明報告，他忙著吵架讓妖怪逃走了。這樣太沒面子了。報告說被反擊受傷，就更沒面子了。

「我必須像沒事似地向爺爺報告，說我兩、三下就把妖怪擺平了，所以要趕快把事情辦完……」

似乎有東西掠過視野角落，昌浩轉向那裡，霎時說不出話來。

妖怪趁這時候轉身溜走了。呆呆看著妖怪在轉眼間消失無蹤的小怪，抬頭看昌浩，發現他啞然杵立著。

「…………」

在他的視線前方，有個年輕人單腳盤坐在瓦頂板心泥牆上，臉上浮現捉弄人的笑容。

看起來頂多二十多歲的年輕人，苦笑著聳起肩膀，以絲毫感覺不到體重的動作，從牆上翩然跳下來。

年輕人走到呆呆杵立的昌浩前面，無奈地嘆口氣，猛然伸出手，毫不客氣地往昌浩的額頭彈了一下。

「痛！」

「發什麼呆啊，不要發呆嘛，真是的……」

小妖們爭相與深深嘆息的年輕人打招呼。

「哇，晴明！」

「你跟我們一樣，來看孫子的英姿嗎？」

「雖然跟英姿差很多，但你還是想來看看他大顯身手的模樣吧？」

他苦笑著對暢所欲言的小妖們說：

「我不是擔心這個不肖的孫子，只是想自己偶爾也該露個面，沒想到看到這樣的場面。」

於是，他就暫時當個旁觀者了。

安倍晴明八十歲了。被稱為絕代大陰陽師的他，能力與靈力都強大到無人可比，使用的法術也超越常識範圍。像現在這樣，讓魂魄脫離身體，以年輕的模樣出現的離魂術，也是他的拿手好戲。

晴明轉向按著額頭呻吟的昌浩，雙臂合抱胸前，又深深嘆了一口氣。

「昌浩……」

「什麼……？」

昌浩胸口湧上不祥的預感，反射性地擺出防備姿勢。晴明單手貼著額頭，仰面朝天說：

「我年輕時也會失敗。那些都是很好的經驗，累積多了就會成長。」

「您說得是……」

「在那之中慢慢前進，就是修行。常言道失敗為成功之母，人生不可能都沒有失敗，對吧？紅蓮。」

突然被點名的小怪半瞇起了眼睛。

「幹嘛突然問我。」

晴明把問題拋給小怪，卻完全不理會它的反應，又轉向昌浩說：

「但是，昌浩，你不覺得粗心大意的失敗，對你沒什麼幫助嗎？」

緊繃著臉的昌浩，勉強點頭同意祖父的話。

「您說得是……」

「絕不能掉以輕心，若因芝麻綠豆大的小事被逼入絕境，就太可笑了。只是受傷還好，可以花時間治癒。但若因此喪命，就是蠢到極點了。」

「只有我覺得你沒什麼資格說別人嗎？」

小怪插嘴介入晴明與昌浩之間的談話，一直隱形站在他們旁邊的十二神將六合也表示同意。六合是個沉默寡言的男人，所以只能感覺到那樣的氣息。

小怪頻頻點頭說：「就是嘛。」晴明沒理它，又自顧自接著說：

「況且，你是找到了還被它逃走，這就叫徒勞無功。從你小時候，我就對你諄諄教誨，告訴你做事要更有效率……」

看到深深嘆息、垂下肩膀的晴明失望的樣子，昌浩兩眼發直，不甘心地說：

「是啊……我應該也不是沒那樣的自覺……」

受到諄諄教誨是事實，被教導盡可能避免做白工也是真的。所以，祖父說的話都對的。

是這樣沒錯，但是、可是。
昌浩的嘴角從剛才就不停地抽搐。
看到他那樣子，差點「啊——啊」叫出來的小怪，抓了抓脖子一帶。
昌浩當然也有他的說詞。那隻妖怪逃得比誰都快。他也可以搭乘車之輔追逐妖怪，但這麼做，妖怪就會從牛車進不去的路逃走。今晚好不容易把它逼進了二条大路，演出了直線追捕的好戲，只是在差一點抓到它的時候，被它跑了。
然而，最大的原因是被晴明吸引，轉移了注意力，所以現在的昌浩完全沒有辯駁的餘地。
小怪半瞇起夕陽色的眼睛，抬頭看著晴明。
「話說，喂，晴明，真是的，你怎麼會在這種地方呢？沒看到天一或玄武陪著你，這個案件也用不著你出馬啊。」
聽到小怪的質問，昌浩趕緊搜尋周遭的氣息。
小怪說得沒錯，現場的十二神將的神氣，只有六合的。
魂魄的晴明是以靈力最強盛的年輕時期的模樣出現，但魂魄比實體更危險，所以沒帶隨從出來，實在太大意了。

「天一和玄武都守在實體旁邊，朱雀也是。其他神將只要我叫一聲就會趕來，所以我想應該還好。只是這樣，沒什麼特別的意思。」

這時，隱形的六合現身了。有著茶褐色的長髮、黃褐色的眼眸、高大身材的年輕人，面無表情地開口說話了。

「回去會被青龍和天后訓斥、說教哦，至少要找太陰或白虎陪同嘛。」

聽到青龍的名字，小怪瞬間瞇起了眼睛。心情突然大不好的小怪，甩甩尾巴，把嘴巴撇成了ㄟ字形。

「勾也好、太裳也好，總之要帶著隨從。萬一你出什麼事，問題就大了。」

晴明對他們兩人說的話很不以為然，嘆口氣說：

「你們兩個真會瞎操心……幾乎所有妖怪都非常清楚，敢隨便動我晴明，會遭到怎麼樣的報應。」

看到晴明的表情驟變，露出大無畏的笑容，小怪與六合相對而視。

說得沒錯。

六合聳聳肩便隱形了。小怪誇張地嘆口氣，甩甩兩隻耳朵。

在車之輔的車棚上看著他們唇槍舌劍的小妖們，興致勃勃地交頭接耳聊起來。

「晴明跟孫子一起出現，很難得呢。」
「以前晴明跟這樣子差不多年輕時，常常在京城跑來跑去呢。」
「唉，現在是老爺爺了，所以不能像以前那樣了吧。」
「我都聽見啦，你們幾隻。」
晴明的聲音突然介入，小妖們嚇得跳起來。
它們看見晴明正合抱雙臂斜眼盯著它們。
「沒有啦，呃……嘿嘿嘿。」
小妖們偷偷彼此互看一眼，笑得好尷尬。
晴明並沒有因此受到打擊，聳聳肩又轉向了昌浩。
看到小孫子愁容滿面的苦瓜臉，晴明輕輕苦笑起來。
真是的，這個孫子從小就是這樣，所有心事都寫在臉上，讓人忍不住想捉弄他。
沒辦法，他的反應實在太好玩了。
昌浩本人則是忙著把湧到喉嚨的千言萬語壓下去，根本沒注意到晴明溫馨的眼神。
小怪從他們腳下仰望著這樣的兩人，無奈地搖頭興嘆。
「……！」

忽然，小怪的眼睛泛起了厲色。

原本吊兒郎當的它，散發出來的氛圍變得緊繃。

車之輔搖晃車體，發出嘎噠聲響。

車棚上的小妖們差點摔下去，趕緊抓住車子。

「咦？」

就在察覺異狀的昌浩轉頭看車之輔的同時，小怪全身也迸出了紅色鬥氣。

嬌小的異形身姿，眨眼間變成了高大壯碩的身軀。就在這一剎那，撲向他們的妖怪發出了咆哮聲。

昌浩聽見刺耳的聲音，反射性地轉過身去。

「紅蓮?!」

越過晴明的肩膀，昌浩看見比祖父更高的身軀。他張大眼睛，看著燃燒的鮮紅火蛇迅速往上竄升。

被火焰照亮的四腳妖怪露出了尖牙。

「去死吧！」

紅蓮的火焰瞬間包圍妖怪，把妖怪燒成了灰燼。

當灰燼被風吹散，紅蓮才緩緩轉過身來。
「謝謝你，紅蓮。」
紅蓮看看淺笑的晴明，再看看茫然的昌浩，深深嘆了一口氣。
晴明有發現妖怪靠近，昌浩卻沒發現。
從這些小事就能看出，他們的實力相差多少。那個差距大得可怕。
昌浩被稱為晴明的接班人，但那份資質還沒有完全開花結果，看來還要很長一段時間。
「用心點嘛，晴明的孫子。」
「不要叫我孫子，你不過是隻怪物！」
「我以這個模樣出現時是叫紅蓮，要我說幾次你才懂！」
小怪的原貌是十二神將之一的火將騰蛇。在十二神將中，它是最強悍的凶將，卻把酷烈的神氣封入白色異形的身軀，脫離晴明麾下，跟在昌浩身旁。紅蓮這個名字是很久以前安倍晴明幫他取的，他把這個名字視為無形的至寶。
「總之……啐！」
還想繼續吵的紅蓮，忽然咂個舌就恢復了小怪的模樣。因為他發現晴明看自己的

眼神，好像很開心的樣子。

手按著嘴唇、強忍住笑的年輕人，似乎很喜歡看紅蓮被昌浩影響而逐漸改變的模樣。

那股視線讓他覺得不舒服，渾身不自在。

晴明把視線從低聲咒罵的小怪身上移開，轉向昌浩，抿嘴一笑。

「連那樣都沒察覺，你還差得遠呢，昌浩。」

昌浩啞口無言，垂下頭，連吭都不敢吭一聲。

「回家後可得從頭複習了，你要多用點心，勤奮修行啊。」

晴明又啪唏彈了一下孫子的額頭，就翩然轉身不見了。

他回去放在安倍家的實體裡面了。

沉默好久的昌浩，終於全身哆嗦顫抖大叫起來。

「那那那那個個個……」

他深深知道自己還不夠成熟，但實在氣不過，要不是祖父突然出現，他早就迅速降伏了那隻妖怪。

「啊——啊，你果然還差得遠呢，晴明的孫子。」

「不要叫我孫子！」

怒斥小妖的昌浩，扯開嗓門大叫：

「等著瞧，臭爺爺——！」

「啊——啊……」

小怪聽著震耳欲聾的怒吼聲，深深地、誇張地嘆了一口氣。

# 雷電行蹤

這些日子，每天都會打雷。

「啊，又打雷了。」

在陰陽寮被雜務追著跑的昌浩，看到迅速閃過烏雲的白色龜裂。

「那邊應該是……六条一帶吧？」

昌浩歪著脖子思考，小怪在他腳下直立起來，舉起一隻前腳，擺出眺望遠方的姿勢。

「嗯，是吧？應該沒什麼體面的貴族……」

只有打雷，沒有下雨。

小怪沒助跑就直接跳上了昌浩的肩膀。

「聽說那群貴族都懷疑是不是菅公在作祟？」

昌浩手上捧著剛完成的曆表，邊看邊點頭說：

「嗯，昨天來見爺爺的使者是那麼說的。」

那個貴族的宅院前天被雷擊中了。直到現在，藤原一族還是很怕菅原道真。

昌浩的祖父安倍晴明是絕代大陰陽師。只要發生不吉利的事，朝廷的貴族們一定會求助於晴明。

「晴明那傢伙好像不怎麼在乎這件事呢。」

小怪看著烏雲，眨眨眼睛，甩了一下白色的尾巴。

身體大小跟大貓或小狗差不多的小怪，全身覆蓋著白毛。長長的耳朵垂向後面，脖子有一圈勾玉般的突起，額頭上有花朵般的紅色圖案。又圓又大的眼睛，是宛如直接從夕陽擷取下來的鮮豔顏色。

「不過嘛……」小怪忽地瞇起眼睛說：「也可能是事不關己才不在乎。」

「咦！」不禁叫出聲來的昌浩停下腳步，很快地環視周遭，確定沒有人在聽，才壓低嗓門說：「小怪，你是說……」

小怪張大眼睛瞥昌浩一眼說：「喂、喂，你沒察覺嗎？」

安倍晴明在自己的房間，倚靠著憑几，顯得無精打采。

最近不時有貴族派人送信來給他。

信上說：雷劈在宅院的屋頂上。

信上說：閃電擦過牛車的車棚，飄著燒焦般的味道。

信上說：牧童被雷電擊中，昏迷不醒，傷勢嚴重。

信上說：菅公像惡鬼般出現在夢裡，傾吐著怨恨。

「再怎麼樣，也不過就是作了惡夢嘛。」
遠處響起了雷聲。
晴明從敞開的板窗望出去，唉地嘆口氣。
菅公作祟之說，在貴族之間煞有介事地流傳著。沒有任何證據，卻來委託晴明平息菅公的作祟。
其實不是菅公作祟，但事情再這樣鬧下去，安倍家遲早會變成湧入求助信徒的寺廟。晴明想過平靜的生活，所以不希望每天都有無數的使者求見。
合抱雙臂的晴明背後，出現神將現身的氣息。
十二神將中的青龍臭著一張臉，眉頭緊蹙地看著晴明。
那雙如夜湖般的深藍色眼眸，位置在比晴明高出兩個頭的地方。
對蓋到眼睛的帶點藍色的劉海感到厭煩的青龍，開口說：
「要我去降伏嗎？」
藍色眼睛瞥了烏雲一眼。
晴明把手指抵在下巴，思考了好一會。
「不用……」

目光一轉，他對著什麼都沒有的空間呼喚。

「六合，昌浩他們回來了嗎？」

在那裡隱形許久的十二神將六合，以單腳盤坐的姿勢無聲地現身了。

情感不形於色的面無表情的神將，很快地移動黃褐色的眼眸。

「剛才回來了，要叫他們嗎？」

「嗯。」

六合忽地隱形了。看著這一幕的青龍，眉頭鎖得更緊了。

晴明發現那張精悍的臉，逐漸抹上近似憤怒的神色。但他什麼都沒說，等著孫子到來。

沒多久，傳來了腳步聲。

青龍嘖地咂咂舌便隱形了。

就在青龍消失的同時，昌浩和小怪打開木門進來了。

「爺爺，您叫我嗎？」

晴明叫昌浩坐下，所以昌浩從角落拿蒲團過來坐下。小怪坐在他旁邊。仔細觀察就能隱約感覺得到，他們背後飄蕩著微量的神氣。是六合隱形待在那裡。

晴明指著烏雲對正襟危坐的昌浩說：

「關於那個。」

循著晴明的視線望過去的昌浩，露出「哦，了解」的表情。他早就猜到差不多該找上他了，所以並不驚訝。

「貴族們都很惶恐不安，你去驅逐那東西。」

「驅逐烏雲嗎？」

「不是、不是，是趕走那裡面的……怎麼，昌浩，你沒察覺嗎？」

昌浩整張臉苦得不能再苦了。

這種時候，更凸顯出他還是個半吊子、能力不足。

「那東西是……」

「等等，爺爺。」昌浩打斷祖父的話，毅然決然地說：「我會自己找出根源，再驅除那東西。」

地底是什麼東西怎麼樣了，所以非驅除不可，他還搞不清楚。

晴明細瞇起眼睛，半晌才頻頻點頭，抿嘴一笑。

「是嗎？」

「是的。」

如果凡事都仰賴祖父，那麼再過多久也沒辦法超越祖父。不能只照祖父的吩咐做事，必須學會自己行動。

那麼，馬上出發吧。

站起來要走出房間的昌浩，被晴明叫住了。

「等等。」

「啊？」

晴明把手中的檜扇指向隱形的六合。

「六合，麻煩你跟昌浩去，協助他。」

「咦？不用啦，我還有小怪啊。」

「不要叫我小怪，晴明的孫子。」

被兩眼發直的小怪回嗆，昌浩也兩眼發直地說：

「不要叫我孫子，你不過是隻怪物。」

「我不是怪物。」

聽著兩人對話的晴明，決定說出想了很久的事。

「對了，昌浩。」
「什麼事？」
十三歲的孫子暫時中斷舌戰，回過頭來。老人一本正經地說：
「你那句『不要叫我孫子』是什麼意思？」
「唔……」
所謂「出其不意」就是指這種狀況。
晴明又滔滔接著說：
「你這麼厭惡、這麼不願意被稱為爺爺的孫子嗎？」
「啊……這……」
小怪眨眨眼睛，默默觀察開始語無倫次的昌浩。
應該是沒想到會在這種時候被問到這件事，昌浩支支吾吾地在嘴巴裡說著什麼，但沒有說出完整的句子。每次都是不自覺地冒出那句話，所以更難回答。
的確，當著晴明的面說「不要叫我孫子」，晴明本人難免會想知道是什麼樣的心態。
然而，晴明怎麼可能不知道昌浩的心態呢，會刻意提起這件事，說不定是他其實有那麼一點落寞、那麼一點受傷。

昌浩啞口無言，眼神飄來飄去。晴明盯著這樣的他，輕輕嘆口氣，打開手上的檜扇，遮住了下半部的臉。

但還是露出了眼睛，所以盯著昌浩的視線並沒有改變。

昌浩把嘴巴撇成了ㄟ字形。

他不是討厭「當晴明的孫子」，是不喜歡「被叫做晴明的孫子」。

「爺爺……」

剛開口想辯解，比較靠近他們的地方就被雷劈中了。

宛如轟炸的獨特爆破聲咚咚迴盪繚繞。

他們大吃一驚，從外廊抬頭看，平時都飄在更遠處的烏雲，此時正飄浮在很靠近他們的地方。位置比皇宮再西邊一點，那裡有很多貴族的宅院。

他們觀察一陣子後，雷聲逐漸遠去，不時掠過烏雲的閃電數量也減少了。

若是被風吹著走，那片烏雲也未免飄得太快了。距離太遠，看不出什麼來，但小怪和晴明說得沒錯，那不是普通的雲。

「喂，昌浩。」

小怪瞪大眼睛，指向落雷的地方。昌浩循著那條延長線望過去，看到裊裊上升的一縷白煙。

火燒起來了。落雷很少會引起火災。會是因為落雷嗎？

不管怎麼樣，必須去察看狀況、找出原因。

昌浩回頭對晴明說：

「爺爺，我走了。」

「嗯。」

晴明還是用扇子遮住下半部的臉點著頭，昌浩向他行個禮就衝出了房間。

留下來的晴明闔上扇子，表情有些苦澀。

「原來你不喜歡當爺爺的孫子啊。」

這時，好幾個隱形的十二神將都現身了。

「怎麼了？晴明，這不像你會說的話啊。」

在旁邊現身的玄武，傲慢地合抱雙臂，俯視晴明。

「那只是昌浩的心結，哪有什麼不好的意思呢。我奉勸你，要針對這點挑毛病前最好三思。」

外表看起來比昌浩小很多的玄武，以自大的口吻說得毫不客氣。

「玄武說得沒錯，昌浩大人看起來很煩惱呢。」

天一在玄武後面委婉地接著說，他溫柔的臉上帶著些許的憂愁。

晴明嗯嗯低吟，闔上檜扇，輕敲自己的肩膀。

「我知道那是他的心結，但我也會有失落感啊。他小時候，總是跟在我後面跑來跑去叫著爺爺、爺爺，那時真是個老實的乖孩子呢。」

玄武輕聲嘆息。

晴明說「那時」是個乖孩子，表情卻完全不像是在緬懷過去。

那句話顯然是現在進行式。昌浩抱怨歸抱怨，還是會做好晴明交代的每一件事，所以的確是個好孩子。

「晴明，不要玩孫子玩過了頭。」

表情超認真的晴明，對半無奈的玄武說：

「你胡說什麼，我隨時都很認真啊。」

哪裡認真了？玄武這樣的反駁，只在他自己心中迴響。

天一忽然扭過頭看，原來是隱形許久的青龍在那個方向現身了。

「晴明。」

「嗯？」

「那東西要怎麼處理？」

青龍指的是製造雷光的烏雲。

「交給昌浩處理吧。有紅蓮、六合跟著他，事情應該不會鬧大。」

聽到主人這麼說，青龍露出嚴峻的表情沉默下來，嘖地咂個舌又隱形了。

晴明看著他剛才站立的地方，無可奈何地拱起了肩膀。

只要牽扯到紅蓮，青龍就會顯露厭惡與敵意。他有他的道理，這也是沒辦法的事，但是……

「青龍老擺出那麼嚴肅的表情，不累嗎？」

對於高齡主人的疑問，玄武和天一都保持緘默沒作答。

在陰陽寮工作時，必須結起髮髻、戴上烏紗帽，但奉祖父之命，私下去降伏怪物時，裝扮是越輕便越好。

四處奔波時，烏紗帽就成了礙手礙腳的代名詞。所以像這樣出來巡夜時，昌浩會解開髮髻，在後面把頭髮綁成一束。

奔跑時，那束頭髮會隨著昌浩的動作彈跳。

太陽快下山了，天色逐漸轉黑，這個時間不太會碰到熟人，但還是不能掉以輕心。

跑在他旁邊的小怪把視線朝向了他。

「你的表情有點陰沉呢。」

「我沒有。」

昌浩這麼回答，表情卻不吻合。那張臉帶點苦澀，好像很怕挨罵。

反射性脫口而出的話，可能傷害了祖父。這件事就像沉澱物，從剛才一直卡在他心中。

他認為回去後必須鄭重道歉，但又覺得一定會像平常那樣，被祖父反譏得啞口無言。

那個晴明可是隻狡猾的老狐狸。

「振作點嘛，晴明的孫子。」

小怪激勵他。

「不要叫我……少囉唆。」

昌浩把差點憑直覺反應說出來的話吞下去，狠狠地瞪小怪一眼。小怪只是邊跑邊靈活地對他聳聳肩。

話說，黃昏時刻是所謂的逢魔時刻。在這個平安京城，有無數的異形棲宿。當夜晚來臨，它們就會精神奕奕地出來活動。

妖怪的身影會隨著日落，潛入白天被昂首闊步的人類霸佔的大路、小路。害怕妖魔鬼怪的人類，會屏氣凝神等待白天的到來。

但昌浩知道棲宿在京城的妖怪們都非常普通，一點也不可怕。

「啊，是孫子——！」

從某處傳來特別興奮的聲音。

無數的妖氣成群結隊地靠過來。

察覺有危險的小怪高高跳起來，晚了一步的昌浩也試圖轉變方向，但是來不及了。

「嘩——！」

「嗚！」

昌浩被不斷從上面跳下來的小妖們壓住，很快就不見了。原本還勉強可以看見他伸出來的手，但絡繹不絕跑出來堆積成山的小妖們，又把那隻手蓋住，沒多久就看不見了。

落地的小怪無言地看著這一幕好一會。那堆山不時會晃動，可能是昌浩試圖從裡面逃脫。小妖雖然沒什麼重量，但被那麼多隻成群壓在下面，身體恐怕也沒辦法隨便亂動。

「唔，每次都是這樣，實在太可憐了……」

小怪輕輕擦拭著眼角，面無表情的臉上透著無奈的六合在它旁邊現身了。

「啊，式神。」

三根角的猿鬼看見六合，叫出聲來。六合沒理它，走過去把手伸進那堆山裡面，抓住昌浩的衣領，把他拖了出來。

被拖出來的昌浩，狠狠瞪視著小妖們。

「你們每次、每次都把我當成了什麼……」

極度不悅的昌浩得到的回答，是整齊劃一的大合唱。

「當然是把你當成了晴明的孫子。」

昌浩的眼睛浮現厲色，那個回答害他的心情現在分外沉重。

看到昌浩沉默不語，一根角的獨角鬼察覺他跟平常不一樣，歪著圓圓的身體說：

「喲，怎麼了？晴明的孫子。」

「你看起來很不高興呢。」

很像三眼蜥蜴的龍鬼，站在獨角鬼旁邊眨著眼睛。
被六合放下來的昌浩，回瞪對自己充滿好奇的眼神。
「被這麼對待還會開心才奇怪吧？」
「你在說什麼啊，這是親密的表現啊。」
昌浩瞪了笑得滿不在乎的猿鬼一眼，嘆了一口氣。
想好好思考都不行，這樣的自己應該是很不幸吧？
忽然，遠處好像響起了雷聲。
他不自覺地仰頭朝天。
前一刻還無影無蹤的烏雲，此刻正厚厚地垂掛在頭頂上。
「幾時冒出來的……?!」
閃電撕裂雲朵的同時，雷聲大作。駭人的重音震動耳朵，昌浩嚴陣以待。
剛才沒有感覺到的妖氣，隨著雷聲擴散開來，是跟那群小妖不一樣的其他妖怪的氣息。
那股妖氣來自烏雲。
有東西躲在烏雲裡。

小妖們瞬間往後退，拉開了距離。

「孫子，我們在旁邊看哦。」

「哦！」

所有小妖都重複猿鬼的語尾。

板著臉聽他們叫喊的昌浩，發現閃電到雷聲響起之間的間隔變短了。

他甩個頭，轉換心情。

往昌浩腳下移動的小怪，目光炯炯地瞪著烏雲。

「來了嗎……」

六合瞥小怪一眼，就把視線轉向了天空。總是面無表情的他，眼睛也泛起了厲色。

撕裂天空般的雷光閃過沒多久，便響起了震耳欲聾的雷聲。

「那是……？」

定睛注視的昌浩低聲嘟囔，他看見烏雲裡似乎有東西在動。

突然，巨大的火球像是在呼應昌浩的話，衝破烏雲出現了。

那東西朝著昌浩直直掉落。破風往下掉的火球，勃然發出兇猛的咆哮聲。

「會咆哮?!」

瞠目而視的昌浩的叫聲，與火球的咆哮聲重疊了。

小怪的眼眸閃爍強烈的光芒，白色的身體被鮮紅的鬥氣包圍。嬌小的身影改變了輪廓，變成高大壯碩的軀體，火焰的漩渦纏繞在高舉的手臂上現形了。

「喝！」

被放出去的火蛇，蜿蜒地衝向了火球。

差點被火蛇咬到的火球，扭動了身體，火焰向外擴散，出現了從沒見過的野獸。

那隻野獸注視著昌浩，在半空中重整姿勢，又飛上了天。

從丹田發出來的嗚吼聲與雷聲交疊震響。野獸的視線投注在愣愣地看著自己的人類小孩身上。

就在犀利的眼睛發出強烈光芒的瞬間，雷電從烏雲劈落，襲向了昌浩。

昌浩倒抽了一口氣，看著深色靈布在眼前攤開。劈落的雷電被覆蓋視野的靈布彈出去，向四方擴散。

「哇！」

無法預測雷電會掉在哪裡，小妖們都驚聲尖叫，做鳥獸散。

躲在牆下或溝渠裡的小妖們，邊害怕地觀察情勢邊抗議。

「不要連累別人嘛，式神！」

「為了保護孫子，你就不管我們的死活嗎！」

小妖們你一言我一語地控訴，紅蓮斜睨它們，金色眼眸泛起了厲色。

「當然是這樣。」

對紅蓮與六合來說，第一優先就是保護昌浩。他們才不管只是旁觀者的小妖們會怎麼樣。

「太霸道了！」

紅蓮不理會龍鬼的哀嘆，與六合並肩瞪視著野獸。

「紅蓮，那是什麼？」

躲在陰暗處的昌浩，從高大的兩人中間窺視野獸的模樣。

紅蓮邊準備攻擊野獸，邊簡短回答：

「是雷獸。」

雷獸通常棲宿在遠離京城的深山裡。偶爾會乘坐雷雲出來，但雲一消失就會回到某個地方。

「昌浩，你不要出來。」

「咦？」

打算使用法術降伏野獸的昌浩，對紅蓮的話感到意外，瞪大了眼睛。

「為什麼？我要驅逐它啊……」

「那東西對人類有害。」

異形和妖怪大多會危害人類，平常在伏妖降魔時，紅蓮都不會說這種話。

「有害是指……」

還沒問完是怎樣有害，昌浩就覺得好像有隻冰涼的手撫摸著他的脖子。

六合與紅蓮都倒抽了一口氣。

背對烏雲停在半空中的雷獸，突然發出威嚇的叫聲。

就在昌浩回頭看的同時，從完全不同的方向亮起了雷光。

小妖們大驚失色，發出了不成聲的慘叫。雷電比人類的動作快多了。

「孫子——！」

但在雷電劈中昌浩之前，紅蓮就把昌浩推開了。

「哇！」

六合又把靈布蓋在摔倒的昌浩身上。

轟隆作響的雷聲震耳欲聾。迸發出來的強大神氣，消除了那道雷電。

昌浩掀開靈布，慌張地跳起來。

「紅蓮、六合！」

全身纏繞著通天力量的兩人，進入了備戰狀態。昌浩循著他們的視線望過去，驚訝地屏住了氣息。

兩頭雷獸各自背著烏雲，停在半空中相互瞪視。迸放的妖氣倍增，野獸全身都在放電，不時濺出火花。

似乎是紅蓮與六合以通天力量的狂流，抵銷了劈落的雷電。感覺得到紅蓮迸放的灼熱鬥氣還悶燒著。

「有兩隻？」

雷獸對彼此發出了威嚇的叫吼。

「它們有同伴意識嗎？」

「好像沒聽過。」

六合回答了昌浩的問題。紅蓮以兇狠的目光瞪著雷獸，悶不吭聲，似乎在思考什麼。

昌浩抓著深色靈布站起來，窺視妖怪們的動靜。

同類的雷獸彼此威嚇，全身纏繞著放電般的亮光，低聲嗚吼。

一方野獸發出嘶吼聲。

雷光閃過，照出了雷獸的全貌。因為形成陰影，所以看不清楚體毛的顏色。身長約莫七尺，有兩隻前腳、四隻後腳。長長的獠牙像野豬，銳利的爪子像晶瑩剔透的水晶。

一方迎戰在天空奔馳衝過來的雷獸。

雷光綻放。

扭動身體踹飛雷電的雷獸狠狠地瞪著同類，全身迸出閃光。光亮瞬間凝結，朝向敵人發射出去。

一方野獸使出全力抵擋酷似閃電的光擊。閃光化為雷電，向四面八方飛散，降落在住家的牆上、屋頂上、路面上以及路旁的柳樹上。

「哇！哇！」

「好燙、好燙！」

「被電麻了！」

來不及逃跑而受害的小妖們，發出連連的慘叫聲。

被落雷擊中的房子屋頂冒出白煙。燒起來的火，被妖氣掀起的風煽動，火勢逐漸

增強。
「糟了，會釀成火災！」
昌浩慌忙結起手印。
「紅蓮、六合，去擊退雷獸們！」
「知道了。」
紅蓮回應後，環視周遭一圈，嘖地咂舌。
因為野獸的咆哮聲和連續不斷的雷電，引來了疑惑與恐懼的京城居民，正戰戰兢兢地靠過來看怎麼回事。不論哪個世界，都會有不知死活的好事者。
「昌浩，蓋上那個，把臉遮起來。」紅蓮指著靈布說。
昌浩用眼神徵詢六合的意見。
「照他的話做。」
被六合催促的昌浩，披上深色靈布，靈活地調整形狀，以免妨礙行動。
被落雷劈中而引發火災的房子，火勢逐漸增強。昌浩聽見裡面的人開始驚慌騷動的聲響，從記憶深處挖出了防火的咒文。
「熱火斂縮且平伏……」

全力放射出去的靈力逐漸熄滅了落雷引起的火焰。

驚叫火災的居民更提高了嗓門，隨後響起澆水的聲音。

昌浩呼地喘口氣，心想這樣就不必擔心了。

雷獸的咆哮聲繚繞迴響。

「去！」

從紅蓮手臂爬出來的火蛇，伴隨著紅蓮的怒吼聲撲向了雷獸。

被突擊而猝不及防的雷獸停止爭吵，飛上更高的地方。

逃開火焰追擊的雷獸們，從高處悠哉地俯瞰昌浩他們。

「可惡……！」

紅蓮懊惱地咬住嘴唇，在他旁邊的六合嚴肅地瞇起了眼睛。他們沒有飛上天空的技能，所以敵人逃入天空，他們就一籌莫展了。

「騰蛇，叫白虎或太陰來吧？」

六合用沒有抑揚頓挫的語調這麼說，紅蓮陷入了沉思。

白虎和太陰是十二神將的風將，會操縱風，在天空自由自在地飛翔。

有其中一人在，就可以使用他們的通天力量與雷獸對峙。

雷獸會放射雷電，而野獸散發出來的妖氣與毒氣會危害人類，最糟的狀況甚至會導致死亡。

昌浩直盯著雷獸。

在神將們能力所不能及的天空，兩頭雷獸互別苗頭。這幾天的落雷，會不會就是他們之間的小小爭吵帶來的副產品呢？

昌浩說出這樣的想法，紅蓮和六合面面相覷。

「小小的爭吵……？」

接連好幾天劈下雷電，躲在烏雲裡悄悄移動，動不動就大打出手，已經不能算是小小的爭吵了吧？

紅蓮頗有意見，沉默寡言的六合的眼底也難得浮現某種情感。

但昌浩毫不介意，視線追逐著在上空展開死鬥、彼此放射閃電的兩頭野獸的動向。

「不能想辦法把它們拉下來嗎……」

「笨蛋，我剛才不是告訴過你，靠近它們會被毒氣毒死嗎？」

紅蓮間不容髮地回應，點醒了昌浩。

「啊，對哦。」

他完全忽略了自身的安全。

「好危險，你用點心嘛，晴明的孫子。」

「不要叫我孫子！」

昌浩條件反射地吼回去後，又抬頭盯著雷獸。

既然紅蓮那麼說，毒氣之類的說法就是真的，因為他是活超長的十二神將。

那麼，有沒有辦法可以打倒它們而不必靠近它們？

自懂事以來修行的日子，在昌浩腦中奔馳而過，所有被灌輸的法術與知識全都動了起來。

晴明只叫他驅逐，沒有叫他徹底降伏。但既然會危害人類，是不是該斬斷後顧之憂呢？

「要想個辦法殲滅它們而不必靠近它們，呃……」

昌浩拍著額頭認真思考。

紅蓮與六合決定默默等待昌浩下決定。剛才昌浩命令他們將雷獸擊退，但這個距離沒辦法動手。

大打出手的雷獸，其中一方瞥了地上的昌浩等人一眼。

野獸的眼睛閃過一道厲光。

「————！」

咆哮聲震響，與雷鳴交疊。

放射的雷電撕裂天空劈落地面。

紅蓮全身迸發出紅色的鬥氣。

「少瞧不起人！」

鬥氣的漩渦撞上落雷，大大抵銷了彼此的威力。放電強光所產生微弱的視覺暫留，瞬間便消失了。

但依然消不去雷聲。因衝撞而產生的轟隆聲貫穿了昌浩的耳膜。

雷獸們惡狠狠地往地面一瞪，又咆哮了起來。

在兩頭的吼叫聲的迴響中，雷獸躲進烏雲裡，就那樣消失不見了。

面對這種草草結束的退場劇，紅蓮與六合都來不及反應。

「好快……」

六合感嘆地喃喃低語，紅蓮也老實地點頭說：「是啊。」

昌浩則是目瞪口呆，一時無法理解發生了什麼事。

「啊、啊？咦，什麼，逃走了？對我們發動那麼強烈的攻擊，又突然消失，怎麼會這樣？」

昌浩頭腦太過混亂，把心裡想的話一古腦兒說了出來。

紅蓮避重就輕地說：

「嗯……有時候就是會這樣。」

從遠處傳來好事者逐漸靠近的聲音。

「都怪小怪啦！」

「怪我？是我的錯嗎？」

「是你跟六合呆呆看著它們逃走啊！為什麼眼睜睜看著它們逃走呢！」

「看你思考得那麼認真，所以我們想說那就等你的答案吧，我們是尊重你的意思啊。」

「找這種藉口也太不要臉了，你這隻怪物！」

「我不是怪物！話說回來，這時候跟是不是怪物沒什麼關係吧？」

昌浩與小怪吼來吼去，展開了唇槍舌劍。六合單腳盤坐在一旁，靜靜地看著他們。

表情宛如第三者的六合，也跟放走雷獸這件事脫不了干係。事實上，他是在面無表情下苛責自己的失敗。在心中自責不已。

靠近雷獸對人類有害，因此人類很難擊退雷獸。但十二神將吸入妖氣或毒氣也沒什麼大問題，所以除了紅蓮外，晴明還多派了六合去。

純粹只是因為雷獸不只一隻吧？靠紅蓮一個人也不用擔心，但為了謹慎起見，多派一個六合去，結果再糟也不至於有多嚴重。

然而，晴明這樣的用心也白費了。有紅蓮與六合兩名鬥將跟著，卻還是讓兩頭雷獸輕易逃走了。這下完全沒有辯解的餘地。

沒有放式出去，在家等候他們的晴明，看到昌浩垂頭喪氣地回來，驚訝得目瞪口呆。聽完「因為如此這般所以不小心被它跑了」的說明，晴明更是張口結舌，半天說不出話來。

在那之後，為了調查雷獸，昌浩把塞滿書庫的書籍、文獻通通翻出來看，把一肚子氣都發洩在小怪身上。小怪也應戰了。

就這樣吵到了現在。

「什麼嘛！」小怪憤然拱起肩膀，齜牙咧嘴地說：「我哪知發生小小爭吵、彼此吼來吼去、打來打去的兩頭雷獸，會毫無預警地逃走呢！」

聽到這裡，六合疑惑地皺起眉頭，心想是「小小爭吵」嗎？要歸納為小小爭吵，規模似乎太大了。剛才騰蛇明明也有這種感覺，那個感覺跑哪去了？

不過，沒必要刻意點出這種事，所以六合還是保持沉默，把小怪的發言當成耳邊風。

「那麼，你跟六合不要等我的答案，速速把雷獸降伏不就行了嗎！」

說得也沒錯。

六合默默無言，悄然同意。並且，為自己當時沒那麼做反省。

「唔！」

連小怪也無言以對。沒錯，昌浩說得一點也沒錯。

表情像咬到幾百隻苦蟲的小怪，低聲嚷嚷。六合對它投以同情的目光。

他們也有話要說。雷獸在他們力有未逮的地方交戰，要殲滅它們或擊退它們，都必須把它們拖下來，拖到有效的攻擊範圍內。但現實上辦不到，所以他們想出手也出不了手。

離天亮還有一段時間。昌浩使用了暗視術，所以沒燈光也無所謂。昌浩的身影與漆黑的書庫融為一體，只看得見小怪的夕陽色眼眸熠熠生輝。這樣的畫面想必很恐怖吧？

邊翻閱文獻邊這麼想的昌浩，眉頭深鎖，顯得怏怏不樂。

他錯過了向晴明道歉的時機。原本打算回來就道歉，卻因為驅逐、降伏都失敗的打擊，顧不得那件事。

「會不會它們自己撤走了……」昌浩嚴峻地說。

小怪搖搖頭說：「不，它們還在附近。要徹底除去落雷的危險，必須把它們趕去離京城很遠的地方，或是降伏它們。」

昌浩停下翻書的手，交互看著小怪與六合。

「它們的妖氣很近嗎？」

小怪瞥六合一眼。沉默寡言的同袍用眼神回應。

「不是很近，只是隨風飄來了淡淡的妖氣。不過如果離得太遠，就飄不到這裡來了。」

儘管看不見，它們還是停留在妖氣可以飄到這裡的地方。

昌浩瞪著手上的文獻低聲品罵。書上都沒記載消滅雷獸的方法。難道要去問某人嗎？

「還是要去問……」

這麼喃喃自語的昌浩，慌忙甩了甩頭。

他已經誇下海口，全都會自己完成。在這時候投降也太沒面子了。

紅蓮與六合再三警告他不要靠近雷獸，可見有多危險。那麼，能不能靠結界或其他東西，把雷獸連同毒氣一起封住呢？

「封住後再降伏，或是押去偏遠的深山裡。」

小怪嗯嗯點著頭。

現階段還沒有人死亡。若不能盡快解決，把傷害降到最低點，就會對受委託的晴明的名譽造成傷害。

「早知道一開始就該請哪個風將隨行。」小怪這麼感嘆。

至於該請哪個風將，太陰絕對不願意同行，所以沒得選擇。

有白虎在，就能成為對空戰力，非常有用。而且有風將在，也可以把紅蓮與六合頂到天空。

「真糟糕，一步錯步步錯。」

還眼睜睜看著雷獸逃走，簡直是一連串的失誤。若事後被晴明叫去碎碎念，也沒什麼好奇怪的。

晴明信賴小怪，把昌浩託付給了它，它不可以辜負晴明的託付。

「總之，」昌浩闔上文獻站起來，「我們要捲土重來，這次無論如何都要把雷獸趕走。」

而且，最好是在今晚之內。

「那麼，」六合開口說：「請白虎協助吧？」

「嗯，好主意。還有，可能的話，最好把天一或玄武也找來。」

昌浩搞不懂小怪接著這麼說的意圖，疑惑地偏起了頭。

小怪敏捷地站起來，甩甩長尾巴說：

「無論是要避開毒氣或關住雷獸，都需要天一或玄武的結界。」

「啊，原來如此。」

十二神將中，天空、太裳、天一、玄武四人沒有攻擊的技能。但他們的結界，號稱具有其他神將們無法比擬的防禦力。為了破壞結界，雷獸也可能衝撞結界。

「可是，這樣的話，就要拜託爺爺吧？他們都是爺爺的式神……」

「呃，要嗎？由我拜託同袍，就不用透過晴明吧？」

「或許不用，可是，最好還是按程序來。小怪，你也不喜歡事情在你不知情的狀態下進行吧？」

「感覺跟那種情況不太一樣……不過，你想那麼做就那麼做吧。」

「嗯，就那麼做。」

「可是，晴明如果睡了怎麼辦？」

小怪知道晴明絕不可能睡，但也可能有萬一。晴明跟彰子一樣，只要昌浩出去夜巡，就一定會等到他回來才睡。

「啊。」

被小怪那麼一提醒，昌浩張大了眼睛。

已經過了寅時。在這種大半夜突然去找祖父，很可能打擾到祖父。

「先斬後奏也行吧……」

這是昌浩前思後想得出的結論，小怪不假思索地回應：「行吧？」

基本上，神將不需要睡眠。

紅蓮與六合請來了白虎、玄武，跟昌浩一起追逐烏雲。

雷獸躲藏的烏雲經常停滯在京城上空。

白虎多次與雷獸擦身而過，據他說，雷獸是地盤意識與自我主義非常強烈的妖怪。

「打雷也是為了威嚇對方，並誇耀自己的能力。相互宣示自己有多強勁，要對方認輸，快快滾蛋。」

之前，兩朵烏雲轉眼間就不見了。剛才又在京城南邊出現，雷聲大作。

「直接把它們趕出京城上空，再降伏它們吧？」

與昌浩一起追逐烏雲的小怪，長長的耳朵往後飄揚。

「白虎，可以用你的風把它們轟走嗎？」

「我試試。」

白虎點點頭，在他旁邊的玄武接著說：

「順便用龍捲風把那兩隻打下來，我再用我的波流壁封住它們。」

「知道了。」

身材壯碩的白虎，宛如沒有體重般，瞬間飛上了天。

昌浩迎著白虎掀起的風，佩服地張大了眼睛。

「現在才覺得會飛真好。」

那是風將才有的特權。

「但是，」玄武繃著臉說：「白虎還好，太陰的風就很粗暴，會飛也有好、壞

之分。」
「說得也是。」
不只小怪，連沉默的六合都表示贊同。
吹起了強勁的暴風，風中混雜著神氣，那是白虎吹起的風。
烏雲漸漸被風往南方推去。
兩頭雷獸從烏雲跳出來。
白虎站在上風。雷獸們看到突然發動攻擊的敵人，咆哮起來。
同時劃過數條閃電。
「白虎！」
昌浩的叫聲被雷聲掩蓋了。
旁邊爆出灼熱的鬥氣，視野角落出現了高大的身軀。
就在昌浩轉頭看的同時，紅蓮變出來的鮮紅火蛇高高往上爬升。
被白虎的風推著走的烏雲，降到了低空位置。目前的高度，紅蓮的火焰也燒得到雷獸。
「看招！」

隨著怒吼被放射出去的火蛇，張大嘴巴，撲向其中一隻野獸。

被熊熊燃燒的火蛇困住四肢的雷獸，氣得不停地打雷。

白色閃電撕裂天空，刺向了地面。

轟隆聲接連不斷，昌浩的耳朵被震壞了，聽不清楚附近的聲音。

「可惡！」

「昌浩，退後。」

玄武走到了他前面。耳朵聽不見，看他的動作也知道他要做什麼。

玄武在胸前合掌，匯集灰白色的水波動。如水聲般的清澄聲響向外擴散，在四周形成肉眼看不見的保護牆。

上空的白虎確認保護牆已經形成，便朝著雷獸們擊出了龍捲風。

響起兩頭雷獸的慘叫聲。

被火蛇纏住的那一頭，抵擋不住，被打下了地面。掉在靠近路中央的雷獸，被火焰與閃電纏住，拚命掙扎。

另一頭勉強撐住，在上空停滯，與白虎對峙。

「玄武，把雷獸封住！」

昌浩抓著從懷裡拿出來的念珠。玄武對他點點頭，用水的波動捆住野獸，封鎖它的動作，把它壓制住。

被困在結界裡的雷獸，狂亂地吠叫。

它靠妖力粉碎纏繞全身的火蛇，數度放射雷電，試圖從內部擊破結界。

昌浩一直看著那些閃光，猛眨眼睛熬過亮光的殘渣。

「還不死心……」昌浩用拿著念珠的手結起手印大叫：「嗡、阿比拉嗚坎、夏拉庫坦！」

鏘的一聲，靈力往上竄升。被磨利的力量往手印集中。

「南無馬庫桑曼達、顯達瑪卡洛夏達、索哈塔亞溫、塔拉塔坎、漫！」

白虎的鐮刀風襲向了還停在空中的另一頭雷獸。

四肢都被劃傷的雷獸，發出痛苦的嗥叫聲，但依然挺身迎戰。

咆哮聲響徹天邊。烏雲啪地四散，原本用來凝聚烏雲的妖力，都被用來攻擊眼前的敵人了。

連白虎都抵擋不了那股衝擊，被笨重的撞擊力道撞得唉唉叫，雷獸乘機把獠牙伸向了白虎的喉嚨。

「你休想！」

在地上的紅蓮發出了怒吼。纏繞在他雙臂的絹布猛烈翻騰，被召喚出來的無數火蛇，貫穿了野獸的腹部。

垂死掙扎的慘叫聲劃過耳際。

雷獸搖晃傾斜，直直墜落地面，咚地一聲揚起沙塵。

六合揮起銀槍，在雷獸腹部橫掃一刀，妖氣與體液飛散四濺。嚴陣以待的玄武，用水的結界封住了飛過來的毒氣。

再也不能動的雷獸們，聽見昌浩詠唱的咒文。

兩頭野獸瞪大眼睛，做了最後的掙扎。

從遍體鱗傷的全身迸發出來的雷電，啪嘰啪嘰作響，兇猛地竄來竄去，似乎想衝破困住自己的神氣保護牆。水的結界稍微扭曲變形，玄武臉上浮現緊張的神色。

「可惡……」

昌浩喊出致命的咒文，掩蓋了玄武的低聲咒罵。

「萬魔拱服——！」

清冽的靈力化作無形的矛，擊碎了兩頭野獸，也消除了野獸散發出來的毒氣與妖力。

念珠嘎啦作響。

昌浩總算鬆了一口氣。

原本想出了京城再作了結，卻在到達羅城門前就開戰了。

幸好這一帶的居民不多。但誰也不敢保證絕不會發生不測，把京城居民也牽扯進來。

不為人知地完成任務，是陰陽師的信條。被誰看見會衍生出很多麻煩，還可能無端受到懷疑。陰陽師有很多秘辛。

昌浩把念珠掛到脖子上，按著太陽穴，滿臉陰沉地低喃：

「換作是爺爺，會處理得更俐落吧……」

想必他才不會麻煩神將出手，三、兩下就把事情解決了，做得乾淨俐落。

昌浩深感自己還不成熟，不勝欷歔。

白虎翩然降落。

「對不起，麻煩你了，我原本是想把兩頭一起打下去。」

「沒辦法，它們也是豁出去了。」

仔細確認雷獸的妖氣與毒氣是否完全消失的紅蓮，轉頭看著同袍。

玄武與六合也點頭贊同。

「它們被封入結界後，還是奮力抵抗。要是它們沒受傷，我也不敢保證結界能不能撐得住。」

「太厲害了。」

難得顯現驚訝神色的六合，微微張大了眼睛。玄武的眉間，刻劃出與幼小外貌不搭調的皺紋。

「水很容易被雷電貫穿啊。」

這樣啊？昌浩大吃一驚。以前都不知道。以後說不定會派上用場，所以一定要記下來。

昌浩忙著把這件事記在內心的雜學筆記上。在他旁邊的紅蓮，疑慮地皺起眉頭，環顧四周。

六合察覺他的舉動，眨了眨眼睛。

「騰蛇，怎麼了？」

「覺得有點……」

紅蓮回應後，眼底的警戒並沒有消失。

兩頭雷獸都被殲滅了，本能卻警告他還不能鬆懈。

「六合，」紅蓮提高警覺集中意識，對轉向自己的同袍說：「除了雷獸外，你有沒有感覺到其他的氣息？」

「沒有啊，沒什麼感覺……」

詢問的視線也轉向了白虎和玄武。兩人也都搖了搖頭，表示沒什麼感覺。

「這樣啊……」

那麼就是自己想太多了。

正要這麼下結論的瞬間，有東西搔動了紅蓮的直覺。

幾乎在同一時間，昌浩的脖子也掠過一陣寒意。冰冷手指般的感覺撫過背脊，他反射性地仰面朝天。

剎那間，響起淒厲的咆哮聲，強烈的閃電撕裂了夜空。

有野獸浮現在雷光中。模樣跟剛才殲滅的雷獸相同，還整整大了一號。

充滿憎恨的雷獸有著一雙炯炯發亮的雙眼，一露出獠牙，便從上空快速俯衝而下。

大一號的雷獸，對昌浩他們有著明顯的殺氣。由此可見，八成是……

「父母或兄弟的關係?!」昌浩焦慮地說。

六合回他說：「從體格來看，應該是父母。」

「放射的雷電威力也判若雲泥。」

看到紅蓮與六合彼此嗯嗯點著頭，白虎有點愣住了。

「你們到底要不要動手啊？」

在白虎旁邊的玄武，一本正經地說：

「原來剛才那兩隻雷獸是兄弟吵架啊？」

昌浩著實難以置信。

也就是說，因為雷獸兄弟吵架，使最近的京城蒙受其害，所以把貴族們都嚇得直發抖，以為是菅公作崇嗎？

「簡直是胡鬧……」昌浩怫然不悅。

不知何時冒出來的小妖們，給了他毫不負責任的聲援。

「再加把勁啊！」

「加油啊，晴明的孫子！」

昌浩發出怒吼，掩蓋了轟隆作響的雷鳴。

「就說不要叫我孫子嘛——！」

彰子在手掌心下打了個大呵欠，十二神將天一擔憂地瞇起了眼睛。

「小姐，差不多該睡了……」

為了掩飾不自覺的呵欠，彰子趕緊端正坐姿，強裝笑容。

「沒關係……啊，又來了。」

剛才以為已經停止的雷電，又在南邊天空響了起來。閃電劃過天空沒多久，便響起了特別大的雷聲，連這附近都聽得見。

「昌浩正在那道雷電的下面吧？」

「嗯，恐怕是。」

聽說他是去探查被指為菅公作祟的雷電的真正原因。有小怪、六合等人陪著他，所以不必太擔心。

但是，彰子從小就害怕打雷，一心期盼這場騷動可以趕快平息。

「雷電不會劈中這棟房子吧？」彰子戰戰兢兢地問。

天一嫻靜地說：「請放心，雷電只會直接飛過這裡。」

「那就好。」彰子鬆了一口氣。天一看著她，眉開眼笑。

另外，在自己房間望著南邊天空的晴明，苦笑著眯起了眼睛。

「送張『粗心大意』的字條去給他吧？」

殲滅雷獸的行動就快結束了。四名十二神將對三隻雷獸，給人的感覺真的有點小題大作了。

「再俐落點嘛。」

晴明在備好的紙上振筆疾書，在他旁邊的青龍不高興地板著臉。

「晴明，快去休息。」

晴明假裝沒聽見青龍冷冰冰的聲音，把寫完字的紙張折出形狀，在口中念誦咒文。

紙張變成鳥飛走了。

瞬間，今晚最大的雷電劈在京城郊外。

爆出好幾道神氣後，由最後迸發的靈力拉下了布幕。

「哎呀呀。」

晴明鬆了一口氣。

好像結束了。真是的，明知有神將陪同，不會有事，卻還是捏了一把冷汗。

要不擔心他還是很難。

「晴明，我跟你說過好幾次了，快點去休息。」

每次都把這句話當成耳邊風的晴明，感覺這次青龍真的要動怒打雷了。

才剛殲滅了雷獸，雷電卻轉移到這裡來了。

「晴明——」

因為青龍的吼叫越來越淒厲而縮起肩膀的晴明，彷彿聽見從遠處傳來了孫子的怒罵聲。

「哦……？」

老人稍稍張大眼睛，淡淡地苦笑起來。

# 殊途同歸

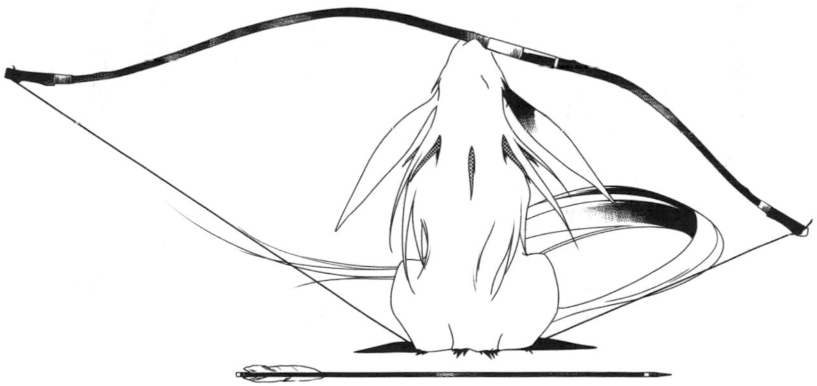

絕代大陰陽師安倍晴明年近八十。

住在京城的小妖們，都建議他差不多可以加入妖怪的行列了，但他本人無意那麼做。因為他必須把還是個半吊子的小孫子教育成接班人，要做的事太多了。恐怕沒辦法迷迷糊糊地老去，也沒空當個步履蹣跚的老人。

「再怎麼說，他都快八十歲了，還那麼精力旺盛，會被當成異形或妖怪，也無可厚非。」

安倍成親邊走向老家安倍宅院，邊輕聲嘆息。

他有兩個弟弟。

比他小很多的弟弟，最近要舉行元服儀式了。

虛歲十三歲舉行元服儀式，以貴族社會整體來看，算是晚了。在仕途競爭如此激烈的時代，父母當然想讓他早點邁入大人的階段。

然而，在這方面，他的小弟昌浩似乎比他人悠哉。

現在終於要元服了。因此，成親跟妻子商量該送什麼禮物，他直到最近才聽到了奇妙的傳聞。

為了確認這個傳聞，他回到了睽違已久的老家。

在結婚的同時，他就搬離了老家。現在，迎接他的老家，就像別人的家。這裡已經不是他該回去的家，所以變成這樣也在所難免，但還是有點落寞。

儘管如此，見到家人，又安下心來，覺得這裡果然是自己的家。有很多家可以回，是件幸福的事。

見到好久不見的長子，母親既驚又喜。

花了些時間報告完近況，成親便走向了昌浩的房間。

「昌浩，我要進去嘍。」

成親打聲招呼，便拉開了木門。在打開的板窗旁，把攤開的書籍、捲軸堆滿一地的昌浩，詫異地張大了眼睛。

「哥哥，你什麼時候來的？」

「我才剛來……看你這樣子，還真慘不忍睹呢。」

成親環視亂七八糟的房間，苦笑起來。昌浩一臉尷尬，把嘴巴撇成了ㄟ字形。

他把近旁散亂的書籍稍微收拾一下，請哥哥坐下來。

「不好意思……」

就在成親坐下來時，視野角落閃過白色身影。

「嗯……？」

他不經意地巡視周遭，看到奇妙的異形，眨了眨眼睛。

是白色的異形。身軀大小好比小型犬或大型貓，覆蓋全身的白毛感覺很柔軟。長長的耳朵往後垂，脖子周圍有一圈勾玉般的突起。額頭上有花朵般的圖騰，又圓又大的眼睛是鮮紅色。

「………」

成親回看朝向自己的紅色眼睛，無言地思量。

這裡是安倍晴明的宅院。昌浩小時候，差點被闖進來的異形推下水池，自此之後，安倍家四周都佈下了結界。

成親小的時候，小妖們都在庭院、屋內隨便進進出出。成親與大弟昌親對異形妖怪的免疫力，大半是被懂事以來便存在於他們周遭的小妖們培養出來的。

「………」

祖父的結界還完好如初。沒有三兩三的異形不可能進得來。所以，這種妖怪怎麼會在這裡？

異形眨了一下眼睛。不知為何，成親竟然對那個無意的動作感到恐懼，全身起了雞皮疙瘩。一回神，背部冷汗直冒，已經溼透了。

「難道是……」

看著成親喃喃低語的異形，忽然把臉撇開，從他旁邊登登走過去了。

「咦，你要去哪？小怪。」

「不要叫我小怪。」異形很不高興地回嗆昌浩，把頭轉向成親，用下巴指著成親說：「我去晴明那裡，你們兄弟有很多話要說吧？我就不打擾了。」

「不會打擾啊。」

異形意味深長地瞥成親一眼，聳聳肩走了。

「再見啦，成親。」

如果是人類，就會揮手道別，但異形是邊甩著長長的尾巴邊走出去。

久久沒說話的成親，張大眼睛轉向小弟說：

「喂，昌浩，那是……」

「咦？那是怪物小怪啊。」

「不是吧！那是……」

昌浩咔哩咔哩抓著頭說：

「啊，對哦，哥哥也認識神將。嗯，他是十二神將騰蛇，但變成那個模樣就是怪物小怪。」

「小……」

成親嚇得半死，啞然失言。

那居然是騰蛇，這是怎麼回事？

他真的好煩惱，該不該去找知道原因的神將，問個清楚呢？這時，昌浩興匆匆地對他說：

「別管它了，哥哥，你來得正好。」

昌浩拿起幾本堆在旁邊的書，攤開來。

「有些地方我不太明白，你教教我。」

成親眨了眨眼睛。

「幹嘛特地問我，問爺爺或父親就行了啊。不是每個人都有機會，可以直接請教絕代大陰陽師和天文博士呢。」

「父親工作回來很累，我又不喜歡問爺爺。」

成親目不轉睛地盯著鼓起腮幫子的昌浩，嘆了一口氣。

「唉，我會的就教你。」

「謝謝你，哥哥，太好了。呃……」

昌浩正經八百地翻著書，成親對他說：

「對了，昌浩，你不是不當陰陽師嗎？」

「咦？」

昌浩停下翻書的手。他翻開的書，內容是記載陰陽術的種種。周遭散落一地的捲軸、書籍，也都是那一類。

對以陰陽道為目標的人來說，這座宅院相當於寶庫。

「我聽來找藤原岳父的客人說，天文博士的小兒子，去雅樂寮的笛師那裡拜師學藝。」

——聽說不是當作貴族的嗜好，而是認真地想走那條路，但是……

「他還說……當事人有滿腔的熱情，可惜要成為雅樂師有點困難。」

昌浩把嘴巴撇成ㄟ字形，低聲嘟囔。

他吹得出聲音。然而，吹得出聲音與能夠吹奏曲子，意思並不相同。

「學會吹的話，有什麼萬一時，說不定也派得上用場，所以學會並不是壞事，但你從以前就不夠靈活吧？」

繃著臉的昌浩，微低著頭，沉默不語。

聲音是吹得出來，但吹奏曲子所需的運指，就是怎麼樣都跟不上。在頭腦思考接下來該怎麼按時，就已經太遲了，根本不可能跟誰搭配。再說，要吹出悠揚的音色非常困難，老實說，昌浩沒有學會那種技巧的音樂天分。

「聽說你還挑戰了琵琶，結果怎麼樣？」

「…………」

昌浩看著書，保持沉默。

成親心想果不其然。

「你也嘗試了劍和弓吧？那些呢？」

昌浩皺起了眉頭。

「被稱讚反射神經還不錯……」

原來只被稱讚了反射神經啊。

光讓他拿著磨鈍劍刃的劍，揮舞一陣子，這一行的大師就看出了端倪，對他說鍛鍊自己以防萬一是件好事。但看起來比父親年長的武士告誡他說：「陷入危險狀況時，後退也是一種勇氣。」所以，他應該只能練到挺身迎戰就會被殺死的程度吧。

至於弓箭，不知道為什麼，完全射不中箭靶。明明瞄準了射出去，卻能偏離到那種程度，也是非常厲害。雖然可以射到箭靶附近，但射不中箭靶，就沒有意義了。

「這樣啊……」

連成親都不知道該說什麼。

他本身是由祖父率領的十二神將鍛鍊出來的，所以學得還算不錯。

安倍家的人會使用陰陽術。有時要回敬詛咒、有時要靠占卜查出他人的企圖並加以阻止，所以懷恨在心的貴族，有時會夜襲或暗殺他們。

對陰陽師而言，保護自己是不可或缺的技能。會適度使用武器，可以降低生命危險。為了預防有時沒帶武器，成親還學會了有效擊退敵人的拳擊。

十二神將受制於天條，不能對人類動手。所以，對他們的教導有些勁爆，就是告訴他們若要報復就自己下手。

基本上，十二神將對晴明與他的家人之外的人類，絲毫沒有感情。神是無情的，而神將也是居眾神之末的存在，所以沒道理把他們的無情當成冷酷。

成親感慨地看著昌浩。

既然他的反射神經受到稱讚，又是自己的弟弟，那麼，只要他有心認真練習，應該也可以學到某種程度吧。

「劍和弓箭好玩嗎？」

如果他脫口而出說好玩，成親就打算勸他不要放棄，繼續試試看。

「好玩……？」

突然被成親這麼一問，昌浩微微張大眼睛，思考了一下。

「我是第一次拿劍和弓，所以覺得很稀奇，倒不覺得好玩……」

「哦……？」

昌浩自己沒察覺，重點在於他沒興趣，而不是沒天分。或許實際上也沒多少天分，但沒天分只要肯努力，還是可以學到某種程度。他完全沒有那種心，所以毫無興趣，也提不起勁學習。

教昌浩劍和弓箭的武士，看透了他這一點。

關於武術，本人覺得有需要，或許就會積極去學。覺得沒必要，就不必勉強去學。

基本上，陰陽師是文官而不是武官。

思考這些事時，成親又想起了一件事。
「啊，對了，你也去跟書法大師學了書法吧？怎麼樣？」
昌浩的臉色更難看了。
成親心想可能不該問，但已經太遲了。
昌浩在嘴巴裡支支吾吾地說了什麼，然後瞥一眼放在矮桌附近的書法用具，垂下了肩膀。
「大師說歡迎我隨時去玩……」
成親完全了解這句話的意思，眨眨眼睛，拍拍昌浩的肩膀說：
「沒關係，那種東西只要用心寫，看得出來在寫什麼就行了。」
「可是，進了陰陽寮，會有很多抄寫的機會，不能只有現在的功力吧？起碼要有一些些的……」
成親對伸屈手指的昌浩說：
「你不是不要當陰陽師嗎？」
昌浩停止了動作。成親輕輕嘆口氣說：
「唉，昌浩，你怎麼會說出那種傻話呢？……若是真的不願意，我現在就去跟父

親和爺爺談這件事。」
成親是昌浩的哥哥，所以不想讓他做他不願意做的事。如果他是因為家裡只剩下自己，基於「義務感」才說要走上陰陽師這條路，那麼，成親這次來的目的就是要告訴他不用在意這種事。
昌浩把眼珠子朝上翻，盯著合抱雙臂的大哥，嘰嘰咕咕地說：
「陰陽師一定要有靈視能力吧？」
「這個嘛，並不是沒有靈視能力就不能成為陰陽師，不過，確實會比有靈視能力的人辛苦。」
目前，陰陽寮就有一個沒有靈視能力的陰陽生。他雖然沒有靈視能力，但非常努力，最後超越有靈視能力的人，爭取到首席的地位。以他來說，算是有成為陰陽師的資質，只是少了靈視能力。為了彌補這個缺陷，他自我要求的努力，想必是一篇血淚史。
成親很肯定這麼努力的人。比那些靠身分、家世橫行霸道的殿上人的子弟好多了。
「其實，我……」
昌浩抓住膝蓋的手，因為抓得太用力，都發白了。
「我的靈視能力一直被爺爺封住了……所以我以為我那樣沒辦法成為陰陽師……」

對昌浩來說，這是很震撼的告白，但……

「啊，說得也是，不過，看樣子是恢復了吧？」

「是的。」

點頭回應的昌浩，忽然皺起眉頭，抬起頭來。

「咦——？」

面對驚訝反問的昌浩，成親淡然地說：

「我還以為你說你不要當陰陽師，是發生了什麼大事呢，原來是因為這種事啊。」

「這種事……咦？」

昌浩說得含糊不清，成親用半受不了的眼神看著他。

「啊，嚇死我了，我還以為發生了什麼事呢。什麼嘛，早知道是這麼回事，我就不用特地趕回來了。」

目瞪口呆的昌浩，看著喘口大氣縮起肩膀的大哥，戰戰兢兢地說：

「哥哥，請等一下，你說『這種事』……莫非你早就知道我的靈視能力被封住了？」

「當然知道。」

「為什麼！」

「爺爺告訴我的啊。」

那是在著袴儀式①之後，擔心看得太清楚反而會造成困擾的晴明，封鎖了那個能力。

因此，晴明說昌浩的「眼睛」現在跟一般人一樣了，但不必替他憂慮。

成親和昌親兩兄弟被這麼告知後，只是很悠哉地感嘆，居然可以看得那麼清楚，不愧是大陰陽師安倍晴明的接班人。

有靈視能力，有時會太依賴那個能力，疏忽了基本的學習。沒有靈視能力，反而可以學到沒有雜質的知識。

事實顯示，昌浩也的確像沙子吸水般，將祖父的教導照單全收了。

現在昌浩得到的知識，遠比成親和昌親龐大。只是到目前為止，還沒有機會使用，所以他對自己沒有自信。

從懂事前至今，昌浩都沒有改變過，只想成為一種人。

那就是陰陽師。

不管繞過多少遠路，這個想法都不曾改變。

這點成親不是不知道，只是從意想不到的管道，得知他想轉換跑道的消息，才會白操了這份心。

「不只父親，連大哥都知道……那麼，總不會昌親哥哥也……」

「嗯，知道，他是跟我一起聽祖父說的。這次聽到你不當陰陽師的消息，他也非常擔心。」

「唔……唔……唔……」

昌浩驚愕到說不出話來。

周圍的人都知道，只有當事人不知道，這是在開什麼玩笑呢？從決定舉辦元服儀式的新年開始，他就一心想著不能讓家人為他擔憂、失望，所以設法摸索其他跑道，這麼辛苦究竟是為了什麼？

「太、太過分了，我非常煩惱，認真思考該怎麼做，想了一大堆。想找父親、哥哥商量也不行，因為我一直以為你們不知道我失去了靈視能力，怕你們擔心啊……！」

後半幾乎是聲淚俱下。

「我不知道你這麼煩惱，抱歉、抱歉。」

「你居然這麼輕鬆看待我的人生大事！」

鬱結至今的情感，終於爆發了。
「我不是輕鬆看待，只是有點意外。」
成親安慰難得頂撞自己的小弟，說出了真心話。
一直以為還是個孩子的小弟，在不知不覺中長大了，令他感慨萬千。
「什麼都沒說，是我的錯，但你都不來找我商量也不對。我知道你不能來找我商量，可有些事不說出來，就無法傳達啊。」
「沒錯，的確是……」昌浩坦然接受，收斂表情說：「總之，我必須聽從爺爺的指示，去消滅骷髏。這次，我一定要憑自己的力量完成。」
看來是發生了什麼事。
成親很想知道，但又怕惹上不必要的麻煩，就沒有追問了。
「你哪裡不明白？」
「啊，這裡，還有這裡……」
「哦、哦。」
成親邊點頭邊思索。
昌浩自己可能沒發現，比起聊笛子、劍、書法時，他現在顯得有精神多了。

要在某方面功成名就，不能只靠天分，也不能只靠努力。
要靠天分與努力，兩者兼具才能開花結果。
昌浩有與生俱來的天分，在他還是剛出生的嬰兒時，成親就看出來了。
不用聽任何人說他也知道，這孩子將來會成為爺爺的接班人。
很久以前，連親生孫子都覺得他已經算是異形的晴明，曾經露出前所未有的笑容，笑得非常開心。
——昌浩、那個小小的昌浩，說了這種話呢。
他說長大了，要幫爺爺的忙呢。
第一次看到爺爺笑得那麼開心，說實話，成親和昌親都懷疑自己的眼睛。
看著邊翻書邊嗯嗯點著頭的昌浩，成親微微一笑。
昌浩啊，你可能不知道，可以讓爺爺笑成那樣的人，除了已故的奶奶外，目前就只有你了。
所以，不要再繞圈子了，走最近的路吧。
那個人看似在玩弄你，像隻老狐狸，卻比任何人都由衷期待你的成長。
「對了，昌浩。」

「啊？」

昌浩停下翻書的手，抬起頭來。成親轉頭望向木門，狐疑地說：

「剛才那隻白色異形，怎麼會是騰蛇呢，他怎麼會變成那樣？」

直到很久以後，成親才得到比較接近答案的答案。

### 小怪的陰陽講座

①幼兒第一次穿上和服褲裙的儀式，古時多在三歲時舉行。

# 浮生幻夢

1

「請聽我說，晴明。」

內親王脩子神情嚴肅地提出要求，安倍晴明也鄭重地回應。

「是，只要是公主殿下的吩咐，晴明都會遵從。」

把嘴巴緊閉成一條線的脩子，點點頭，很快地環視周遭一圈。

理解主人意思的侍女們，馬上行個禮退下了。

端坐在最靠近廂房處的女性，與坐在低一階的廂房的女孩，也欠身而起，準備跟其他侍女一起退下。

這時候，脩子開口了。

「藤花和雲居拉下竹簾，留在廂房，不然我有事時，找不到人就麻煩了。」

正要離開的命婦，挑動了眉毛，但什麼都沒說就退下了。

憑靠在外廊的高欄上，等待侍女們退下的十二神將太陰，看到命婦的表情，臉色陰沉地說：

「我好討厭那個命婦。」

坐在階梯上眺望庭院的玄武，轉頭往後瞥一眼沉著臉的太陰，邊把視線拉回庭院邊說：

「太陰，不管妳多討厭她，她畢竟是已故皇后的心腹侍女啊。儘管她說話有些尖酸刻薄、眼神犀利、對晴明說話的措詞和動作都盛氣凌人，看了就有氣，但她肯定是這世上最關心已故皇后遺孤內親王的人。所以不管妳覺得她怎麼樣，都不該說出來。」

漠然眺望著遠處的玄武，用高八度的聲音淡淡說出了一長串的話。太陰眉頭深鎖，質疑地低喃：

「玄武，我可沒說那麼多哦。」

「唔……」

玄武抖動一下肩膀。因為他望著另一邊，所以看不見他的臉，但表情想必很尷尬。

各以不同姿勢躺在太陰與玄武之間的小妖們，交互看看兩名神將後，面帶苦笑地彼此相望。

「唉，這也是沒辦法的事。」

「皇后病危時，她終日以淚洗面，叨念著要是晴明在就好了。」

「我們都知道，那時候晴明也忙得不可開交。」

小妖們壓低嗓門說話，不讓脩子聽見。放下竹簾端坐在廂房的風音和藤花，苦笑地看著它們。

京城的春天已經邁入尾聲，再過幾天就是夏季了。

◇　◇　◇

內親王脩子一行人，是約莫十天前，從遙遠的伊勢回到了京城。

他們不是直接回京城，而是先繞到賀茂的齋院，進行修禊。

因為對外是說，脩子一直待在賀茂的齋院。

從伊勢回來的路上，為了不引起注意，也只帶了少數的隨從。

一到賀茂的齋院，脩子便寫信給皇上報告回京城的事，並派了使者把信送去，但不知道為什麼，皇上一直沒有回信。

倒是接到了左大臣藤原道長派人送來的密函。

信上說自從皇后駕崩以來，當今皇上便喪失了生存意志，過著悲傷嘆息的日子。

不論中宮或其他嬪妃怎麼安慰他，他都聽不進去，連公主殿下的信都視而不見。殿上人都很擔心，再這樣下去，皇上的龍體會支撐不住。

脩子大驚，趕緊叫晴明選個日子，進入京城謁見皇上。

皇上第一眼見到回來的脩子，臉上毫無生氣地喃喃說道，居然到了看見幻影的地步，虛脫地甩著頭。

直到看見跑向他的脩子的背後的老人，皇上的眼睛才恢復了神采。

皇上慢慢爬起來，緊抱著奔向自己的脩子，難以置信地低喃。

真的是晴明嗎？

然後，他定睛注視著懷裡的愛女，沒多久淚水便撲簌簌地滑落，他抱著脩子抽抽搭搭地哭了起來。

脩子默默讓哭泣的父親摟著自己。

事後，晴明對十二神將說，那樣子反倒像是在皇上懷裡的幼小公主，擁抱著皇上。

又見到當初暗自作好心理準備，可能再也見不到的愛女，皇上總算稍稍恢復了活下去的氣力。

在那之後，脩子在皇宮住了幾天，說服不情願的父親，搬進了母親度過最後歲月的竹三条宮。

那裡有定子辭世後，依然悲傷地守著屋子的侍女和雜役，他們都歡欣鼓舞地迎接脩子的歸來。

然後，脩子把留在齋院的風音與彰子也叫來了。

◇　◇　◇

在兩人獨處的主屋裡，脩子叫晴明靠過來。

她把臉湊向聽從指示的晴明，兩手靠在嘴邊，壓低嗓音說：

「我跟你說，我作了夢。」

「作夢？」

「對，我夢見一個黝黑、高大又很可怕的男人，對沒那麼高大、沒那麼黑、外衣從頭披下來的男人下了什麼命令。」

晴明眨了一下眼睛。

「黝黑、高大又可怕的男人，對不是很高大、不是很黑、把外衣從頭上披下來的

男人下了什麼命令嗎？」

「是啊，被命令的男人看到我，笑著說：『啊，上次能回去真是太好了』。」

晴明又眨了一下眼睛。

「被命令的男人看見公主殿下，笑著說：『啊，上次能回去真是太好了』？」

脩子托著腮幫子，擺出思索的姿態。

「奇怪的是，我以前好像在哪裡見過那個高大、黝黑又可怕的男人。」

晴明眨了第三下眼睛。

「在哪裡見過呢？」

這回換脩子眨眼睛了。

為什麼老人看起來微微瞇起了眼睛呢？

「我就是想不起來啊，所以，我想晴明說不定會知道什麼。」

說到這裡，脩子有點支支吾吾。

「我想應該只是普通的夢，可是不知道為什麼，就是很在意。」

晴明望向遙遠的某處，瞞著低頭嘆息的脩子，在心中喃喃自語：

那個笨蛋在幹什麼啊。

端坐在外廊附近、離竹簾稍遠處的風音，唉地嘆了一口氣。

「公主把我和彰子留在身旁，命婦大人一定很不高興。」

彰子點著頭，表情也跟帶著苦笑輕聲低喃的風音一樣。忽然，她眨眨眼睛，一度垂下了視線。

「呃，雲居大人，我有個請求。」

「什麼請求？」

她看著偏起頭的風音與小妖們說：

「從今以後，請都叫我藤花。」

瞠目結舌的風音還來不及說什麼，小妖們就先跳起來了。

「咦咦?!」

她把手指按在嘴巴上，提醒它們壓低嗓門，再看看竹簾前方。

晴明與脩子湊著臉說話，沒有注意到他們的動靜。

她鬆口氣，滿臉認真地接著說：

「決定侍奉公主殿下後，我就一直在想，從今以後要把藤花當成自己的名字……」

不是暫時的名字，也不是用來隱瞞真相的名字。

「猿鬼，你們之前不是這麼建議過嗎？所以我考慮了一陣子。」

「咦……」

小妖們面面相覷。

沒錯，脩子被黃泉喪葬隊伍襲擊前，它們好像提過這件事。

它們的確說過，何不把藤花當成小姐真正的名字？

但是，那之後發生了太多事，連說出這句話的小妖們自己都忘記了。

「侍奉公主殿下的人，是安倍家的遠親藤花。」

所以，她說她在從伊勢回來的途中，就考慮今後要真的成為名叫藤花的人。

「小姐……」

「這樣好嗎？」

「真的嗎？」

她淺淺一笑，對表情複雜地看著她的小妖們說：

「真的，你們試著叫我藤花看看。」

小妖們彼此互看後，猿鬼牽強地開口了。

「藤花……」

「嗯。」

藤花開心地瞇起了眼睛，獨角鬼和龍鬼卻跟她相反，變得愁眉苦臉。

這是它們自己提起的事，卻感覺好悲哀。

彰子困擾地偏起了頭。

「不要這樣嘛，這是我自己的選擇。」她把手貼放在嘴邊，像講悄悄話般壓低嗓門說：「而且，藤花這個名字是陰陽師取的呢，你們不覺得會有很強的言靈嗎？」

「陰陽師？」

歪著頭思索的小妖們想起來了。沒錯，那個名字是來自晴明的孫子成親。他因為在外面不方便稱呼彰子，就隨便幫她取了這個名字。

的確可以說是陰陽師取的名字。

「會有很強的言靈這種話，很像陰陽師才會說的話。」

默默聽著他們對話的風音，細瞇起了眼睛。

名字是最短的咒語。

「知道了，藤花大人。」

答應她的風音，用深思的眼神注視著她。

宣佈將與曾是藤原彰子的自己訣別，成為另一個稱為藤花的人活下去，是她個人的一種了斷吧？

「謝謝大家。」

藤花微微一笑，鬆了一口氣。

「等一下再拜託晴明，告訴昌浩……」

說到這裡，藤花顯得有些迷惘。

「怎麼了？彰……藤花。」

龍鬼似乎不太叫得出口，又重叫了一次。

藤花有些不安地皺起眉頭說：

「我還沒告訴昌浩，要當侍女服侍公主殿下……」

這可是大事呢，小妖們瞠目結舌。

風音看著彼此爭相提議該怎麼通知才好的小妖們，忽然眨個眼睛，把手貼放在臉上。

「對了……」

藤花和小妖們都把視線轉向風音。

風音仰面朝天，歪著脖子說：

「昌浩從很久以前就不在京城了。」

「咦？」

四個聲音重疊。

所有人與所有妖都瞠目結舌地盯著風音。

最先回過神來的是藤花。

「這……這是……怎麼回事？」

「我也還沒有確認過詳細情形，只知道他好像待在播磨修行。」

其實昌浩是被誣陷殺人，逃出京城，展開了大逃亡，最後躲進了播磨。洗刷嫌疑後，他選擇留在當地修行。風音知道這樣的來龍去脈，但無法判斷該不該告訴藤花，所以捨棄中間過程，只說了結果。

或許有一天，晴明或安倍家的人、甚或是昌浩本人，會告訴藤花發生過什麼事。

「所以……他才沒寫信給我嗎……？」

猛眨著眼睛的藤花喃喃低語，風音笑著說：「可能是吧。」

「現在說不定也還在嚴格的修行中，忙到沒空寫信。不過，應該有空看信吧？何

不由藤花大人寫信給他呢？我拜託嵬幫妳送去。」

藤花開心地點頭說：「謝謝。」

然後，她望向西邊天空。好個豔陽天，萬里無雲。

「昌浩正在做什麼呢……」

# 2

昌浩坐在面向溪流的岩石上，把笛子放在嘴邊，兩眼發直，絲毫不知道有人馳騁思緒，想著他正在做什麼。

從小養成的不擅長意識比這座山還高。

自從被打包票保證沒天分以來，已經好幾年了。現在總算可以吹出聲音，但要吹出美麗的音色依然是夢想中的夢想。

以前總不屑地認為，不會有派上用場的一天，沒想到在播磨得到了報應。

缺乏自信的嘀嘀嘟嘟音色響徹溪谷，但沒多久就變成了呼呼吹氣聲。

他還是不氣餒地移動手指，試著吹出可以聽的音色，但心有餘而力不足。

吹完一首，他就放棄了，把眉頭蹙得更緊，大大吸了一口氣。

「嘶……」

只聽見呼的吹氣聲淒涼地迴響。

呼吸非常重要。咒文、祝詞、祭文、神咒，都是呼吸越長效果就越強。

把肺裡的空氣吐光，吐到幾乎昏迷的程度，再用幾近極限的速度慢慢吸氣。然後，把所有的氣吐出來，再慢慢吸氣。

昌浩留在菅生鄉已經一個多月了。應該是。他覺得是。

這麼不確定是有原因的。

每天從大清早到大半夜，他都在山野中奔馳、練習對打，到再也支撐不住的地步，過著把自己鍛鍊成不用思考也能行動的生活。

每天都累到不能思考，對時間的流逝也失去了感覺。

應該是十天前吧，夕霧拿笛子來。

雖不是龍笛而是竹笛，但一樣是笛子。

看到好久不見的那個形狀，昌浩嚇得叫聲連連直往後退，但夕霧連眉毛也沒動一下，把笛子塞給他，交代他學習今後要吹的曲子，練習一個時辰。

從那天起，昌浩每天下午都要跟笛子奮戰一個時辰。

不用再跑來跑去，跑得頭暈眼花，在不知不覺中結束一天，是一件好事，但對昌浩來說，這短短的一個時辰簡直就像酷刑。

叫他吹笛子，他還寧可來來回回跑那座山十次。不過如果真要叫他跑，恐怕也會跑到昏倒。

「唔……唔……唔……」

掙扎了好一會兒的昌浩，猛然放下笛子，垂著頭吐出沉重的氣息。

「為什麼是笛子……」

什麼不好選，為什麼偏偏選了笛子？

「多得是其他可以選啊……譬如學法術、學咒文、學螢或夕霧使用的武術等等。」

沒錯，多得是其他可以選，他卻必須在下午吹一個時辰的笛子，還很難吹出聲音。

既然要他吹，就該教會他技術，譬如怎麼吹才能吹出穩定的聲音、吹出優美的旋律等等。

昌浩盯著夕霧交給他的笛子低聲咒罵。

「我沒時間做這種事啊……」

他深感自己還不夠成熟。所以，他必須比以前更提升法術的精度、磨練技巧、累積知識，成為值得自傲、獨立自主的陰陽師。

因此他選擇留在遠離京城的這個地方。

「我可不是來這裡吹笛子的……！」

雙手緊緊握住竹笛的昌浩，突然覺得腳被什麼抓住。

「咦？」

原本盤坐的他，姿勢早就亂了，左腳從岩石邊緣垂了下去。溪流在約莫一丈下方，腳與溪流之間還有空間。

「怎麼回事？」

俯瞰溪流的昌浩，與某種東西四眼相對。

「——」

不，等等，說四眼相對很奇怪。

理性這麼告訴他，但的確是四眼相對，所以沒辦法。

過了一會，那東西以強大的力氣拉扯昌浩的腳。

「哇……！？」

身體失去平衡，下半身被拖下了岩石。

他立即伸出左手去抓岩石，但指尖只擦過岩石表面，抓了個空。

「——……！」

落水的聲響被湍流吞沒，濺起的水花也很快就消失了。

沒放開握在右手的笛子，就值得他好好稱讚自己了。

◇　◇　◇

播磨國赤穗郡菅生鄉是陰陽師集團神祓眾的故鄉。

神祓眾的首領與眾長老們，以及白髮、紅眼睛的現影們，都聚集在神祓眾首領小野家本宅的一個房間裡。

沒有姓氏的現影首領，快九十歲了。

他是前三代首領的現影。前三代首領去世後，他便退出了第一線，成為神祓眾的顧問。

「皤長老，你怎麼看那小子？」

被高齡現影詢問的老人，深思熟慮地緩緩說道：

「他有出色的靈力，我大略觀察過他，認為他經過鍛鍊，將來必成大器。」

他們花了一個月的時間，仔細研究過他。

老人們彼此使個眼色。

夕霧坐在遠離老人圈的地方。

「請容我僭越，我認為他現在就是很厲害的陰陽師了。」

「不過是靈力比人強，你就說他是厲害的陰陽師，會被人笑哦，夕霧。」

「只仰賴與生俱來的力量，總有一天會自取滅亡。」

「安倍晴明盡己所能，教導他與天分相當的知識與法術，但片面的學習沒有意義。」

乍看像慈祥爺爺的老人們，眼睛瞬間泛起厲色。

「不會耍劍沒有用。」

「鏡子也要琢磨。」

「還要有種。」

一直沒說話的姥姥，在喉嚨深處竊笑起來。

「說了半天，結果是什麼都需要嘛。」

夕霧看見她滿是皺紋的臉堆滿笑容，覺得背脊掠過一陣寒意。

「也就是說，他有相當的可塑性。」

神祓眾對陰陽師的才智特別挑剔。



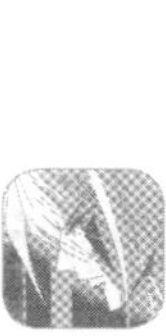
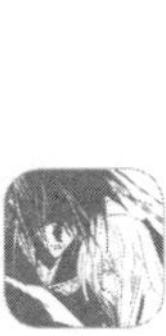

如果不能期待有更大的成長，就會馬上把他趕回京城。不能評估錯誤，所以花了很長的時間仔細斟酌。

「能成長多少，就看他的修行了。幸好他遺傳到最濃烈的那個可怕的天狐之血，盡可能有效地讓他在生死邊緣徘徊幾次，就會有飛躍性的成長。」

長老們這麼回應。

姥姥轉頭對夕霧說：

「最重要的是先改造他的身體，你有在思考這件事吧？」

「有。」

「那麼，暫時由你負責。改造到某個程度，就看時機讓他進階，這樣可以吧？」

沒有人有異議。

夕霧正要站起來時，有個女人花容失色地跑進來。

「不好了，長老大人，螢小姐她……！」

女人的話還沒說完，夕霧已經衝出去了。

「哎呀，我跟妳說過不能跑啊，誰快拿水來。」姥姥讓女人坐下來，讓她調整呼吸，細心地照顧她。「山吹，妳肚子裡的孩子，是神祓眾的下一代首領，妳要好好保重身體。」

看到長老們都擔心地點頭附和，山吹垂下視線，由衷感到抱歉。

「螢小姐也是這麼說……」山吹雙手捧著逐漸明顯的肚子，低下了頭，「她還說……在見到這孩子之前，她絕不能死……」

她喃喃說完後，現場陷入緊繃的靜寂。

大家面面相望，沒多久，沉重的嘆息聲聲交疊。

一張眼，就看到白色怪物的紅色眼眸近在眼前。

「——哇，嚇我一跳……」

小怪聽見嘶啞的嘟囔，蹙起眉頭，甩了甩白色的長尾巴。

「嚇一跳的是我。」

它有事來小野家本宅，正好遇到螢咯血，全家上下亂成一團。

「妳被嚴格告誡還亂動？」

看到板著臉的小怪，螢皺起了眉頭，一副出乎意料的樣子。

「我才沒亂動，我只是在想，怎麼樣可以讓大嫂住得更舒服。」

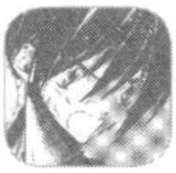

為了即將誕生的孩子，要改裝哥哥時守的房間，她正在整理衣服、道具。時守的東西大多是法術道具、書籍，螢不放心交給別人整理，所以邊小心身體狀況邊收拾。擔心她的山吹，也在不影響懷孕的狀態下幫忙。

「這時候，冒出了一個小壺子。」

「封鎖用的封壺嗎？」

小怪瞇起了眼睛。

那是陰陽師使用的道具之一。用來封入妖怪，把妖怪關起來。有時可以操縱它們，指揮它們做事。

「對，好像很古老了，封印都快鬆開了。結果一個不小心，蓋子就打開了，如此而已。」

如此而已，螢說得沒事似的。但不論跑出來的是什麼妖怪，被關了那麼久，一定累積了相當的仇恨。

而且，施行封鎖法術的陰陽師已經不在了。

「會不會是妖怪從裡面搞破壞，而不是封印鬆開了？」

小怪雙眼發直。

「啊，也有這種可能，不愧是騰蛇，很清楚。」

螢笑得很爽朗，心裡卻無情地想著：要這樣的白毛、紅眼睛，也不必變成怪物嘛。

「螢。」

螢屏住了氣息。

她竟然被盯著她看的小怪吸引了。

夕霧伸出手來，把小怪推開，跪在螢的枕邊。為了不打擾螢睡覺，他一直保持距離待在那裡，並隱藏了氣息。

「原來你……」

螢沒說出「原來你一直在旁邊啊」，改變了話題。

「昌浩的修行怎麼樣了？」

夕霧聳聳肩說：

「現在我叫他學會吹笛子，沒看著他。」

「哦……」

螢心領神會地點點頭，噗嗤一笑。

「他吹笛子完全不行，不會出事吧？」

「吹不出來就會有很多東西靠近他，多少有些危險，但問題不大。」
「這樣啊。」
白髮、紅色雙眸的年輕人，說得淡淡然，擁有被期許為神祓眾下屆首領的力量的女孩，也若無其事地點著頭。
「等等。」
這時，小怪介入了他們的對話。
「嗯？」
小怪質問疑惑的螢說：
「很多東西會靠過來、會有危險，是什麼意思？我看不是問題不大，而是大有問題吧！」
夕霧一把抓住小怪的脖子，把還要往下說的小怪抓起來。
「螢，妳安靜休息，我等一下再來看妳。」
螢輕輕舉起了一隻手。
被夕霧抓在半空中的小怪，拳打腳踢地掙扎、吼叫。
「喂，你還不放我下來！你們到底讓他做什麼修行！」

紅色雙眸的年輕人，輕輕嘆口氣，把小怪舉高到自己的臉前。

「是非常、非常標準的基礎訓練，沒什麼特別意外就不會死。」

夕霧稍作停頓，又補上了一句話。

「不過，他要是致命性地缺乏天分，那就另當別論了。」

「喂喂喂喂喂喂喂喂喂喂！」

小怪用右前腳的食指指著夕霧，橫眉豎目地說：

「你可不要小看昌浩哦！那小子可是掛保證的沒有吹笛子天分！」

「為了謹慎起見，請容我做個確認，這種時候是不是應該說聲名狼藉，而不是掛保證？」

還有前面那句「不要小看」，也值得商榷吧？

對於夕霧的指教，小怪莫名地抬頭挺胸說：

「以前說他沒天分到超凡入聖、值得大大讚賞的人，可是以橫笛師為業的人呢。所以，把他說成聲名狼藉，也太委屈他了、太委屈他了。」

夕霧眨個眼睛，直盯著小怪。

「借問一下……」

「問啥？」

小怪伸個大懶腰，不知為何看起來一副跩樣。

「你們是看準昌浩的實力，希望他在這裡修行會有飛躍性的成長，沒錯吧？」

「我們由衷希望他可以更飛躍、更進步、更強勁，還有，基於現實問題，最好能學會以一擊八的武術，這樣我們就多少能放心了。」

瞇著眼睛的小怪，甩著尾巴。

「順便一提，他也非常不擅長武術類，從來不動手，結果在這裡也都遭到了報應。如果在這方面也能學有所成，我和晴明就能稍微放心了。」

這是千真萬確的真心話。

小怪不可能隨時守在他身邊。遭遇敵人時，沒有神將的護衛，也有足夠的能力自己應付，才是真正的陰陽師。

實際上，年輕時候的安倍晴明和榎岦齋，都有武鬥派的一面，不需要神將們出手協助。

不過，比起晴明年輕的時候，現在幾乎沒有那種不知死活的人，敢直接攻擊安倍家的陰陽師。

也因為這樣，晴明沒有強烈要求昌浩學習拳術、武術。他說既然昌浩本人沒有興趣，強迫他學習也只會令他厭惡。

成親和昌親都有學到某種程度，只有昌浩可以不用學，原因之一是他有過人的靈力。但事實上最大的理由是，他三歲時被封住了靈視能力，因此必須耗費原本不需要的勞力，所以沒有餘力學習拳術、武術。

看不見的人，要提升靈術精度，不是件容易的事。晴明的教導自然會往那方面集中，因此有了偏頗。

晴明原本期待，他會慢慢向神將們或是哥哥們學習。沒想到因緣際會，變成在這裡向神祓眾學習。

必要的事，不管經由什麼管道，一定會到來。因為太過偏頗，所以在具有冷酷的一面、完全沒有所謂親人情分介入的陰陽師集團神祓眾之下修行，就某方面來說，是合乎道理的。若是在修行中喪命，這些人也會強調要怪就怪本人不夠成熟。不想死，就得把命拚了。攸關生死，就不會心存僥倖。

姑且不論生命安危，單就這方面來說，的確很有效率。

昌浩的身體能力算是不錯。至今以來，都是靠與生俱來的身體機能勉強度過危機，但也幾度陷入了險境。可以平安活到現在，純粹只是運氣好。

「只鍛鍊靈力、靈術太過片面。昌浩的目標是超越那個安倍晴明，成為最優秀的陰陽師，為了達成這個目標，為什麼要吹笛子呢？請說明。」

威嚇一下，年輕人的眼神就開始飄移，像是在思索措詞。

「不是直接必要……」

「什麼？」

小怪不由得瞪大了眼睛，夕霧說：「啊，也不是啦。」那模樣像是在思索比較明確的委婉說法。

蹙眉思索了一會後，他喃喃說道：

「陰陽師不是樂師，所以完全沒有笛子的天分，或是致命性地缺乏，實際上也都不成問題。」

「不要說致命性地缺乏。」

小怪可沒說糟到那種程度。

夕霧在心中暗自嘀咕：「沒差多少吧？」輕輕皺起了眉頭。

「我叫他吹笛子，是為了加強感覺。」

美麗的音色就是諧和。笛子的聲音融入自然，相互和鳴，就有可能由自己推動所有事物。

能操縱諧和就能呼風喚雨，預知樹木的成長動向、水的流向，進而操縱這些東西。

那麼，何謂操縱諧和呢？那就是意味著自身的靈力，能與大自然共鳴到什麼程度。

以前，昌浩為了喚起這樣的現象，會念誦咒文，借用神的力量。這麼做也沒有問題。

但是，請神非常消耗體力。與強大的敵人對峙時也就罷了，如果連對付算不了什麼的小角色也要一一把神請來，效率就太差了。

只要磨練自身的靈力，再培養出符合靈力的思考方式、人性，不必仰賴那種大牌的神，光是驅使金木水火土各自的精靈，就足以成事了。

吹笛子是用來磨練靈力的砥石。

而且砥石不只一個。

「我每天都會教基本動作，但昌浩的視野似乎比較狹窄，往往只能專注一件事，這樣很容易讓人有機可乘。」

「唔。」

小怪露出被戳中要害的表情。

這是小怪也經常思考的事。

昌浩就是這種個性，專心做一件事，就會疏忽其他事，反應變得遲鈍。因為這樣，好幾次被逼入了絕境。

那也是一種優點，但換個角度來看，優點也會變缺點。在肉搏戰時，這種性格尤其危險。

「往好處想，放鬆肩膀，以最低限度所需的力量，發揮最大的效果，是神祓眾的作戰方式。若是對瑣碎的工作完全沒轍，只要提升到不擅長的程度就行了。」

「唔唔唔唔。」

小怪無法反駁。

夕霧把小怪往下丟，雙臂合抱胸前說：

「昌浩畢竟是那個安倍晴明的接班人，擁有那樣的實力，再怎麼樣都不會搞得太慘吧？」

被往下丟的小怪翩然落地，半眯起眼睛抬頭看著夕霧。

「太慘是什麼意思？」

雖然不太想問，但還是有必要確認一下。

「啊，笛子是很有趣的東西。美麗的音色可以除魔，但攪亂諧和的雜音，有時會破壞現場的波動，引來不好的東西。」

「哦……」

小怪的臉有些緊繃，夕霧沒理它，又深思地接著說：

「昌浩正在練習的溪流底下，有性格惡劣的水妖棲息。讓那隻水妖永久沉睡，也是我們代代相傳的任務。」

「啊？」

「沒什麼大意外的話，它是不會醒來的。不要讓它一直聽不太美麗的聲音，就不必擔心。」

「什麼？」

「自然的諧和被攪亂，那東西就會氣得醒過來。偶爾會有剛開始修行，還不成熟的人被攻擊……」

「喂，等等。」

「哎呀，萬一發生什麼事，昌浩也不會有問題啦。不過，不小心被拖下水是有點麻煩。」

「這種事要早說嘛！」

慌張的小怪正要轉身離去時，被夕霧抓住脖子拎了起來。

「十二神將，你們已經把他的修行交給了我們，就別再插手了，昌浩也這麼說過吧？」

「唔唔唔唔唔唔唔唔唔唔。」

小怪只能低聲叫嚷。

夕霧深深嘆口氣，打開木門走到庭院，把小怪放在鋪石上。

「啊，還有……」

聽完夕霧接下來說的話，小怪滿臉苦澀，跟他交談幾句後，短短回應了一聲：「我知道了。」

躺在床鋪上，睡得昏昏沉沉的螢，忽地張開眼睛低吟。

「啊……」

是從封壺裡跑出來的那隻妖怪。

螢還來不及思考，身體就先快速衝向了企圖攻擊懷孕的山吹的妖怪。

靠結手印展開防禦與攻擊。

只要不使用靈力，就不會對身體造成負擔。因為一直躺在床上而感覺多少有些復原的體力，又被連根拔除了。

同時，胸口深處發出慘叫聲，一回神，已經吐出了大量的鮮血。

確定山吹沒事後，螢的意識就沉入了黑暗中。

那東西是不是被抓到了呢？長老們應該都在本宅，他們其中的某人會把它降伏吧？最好能再把它封起來。

萬一還放任它到處亂跑……

「它會來找我嗎……？」

虛弱的人類是最好的獵物。螢曾在它面前咯血，所以它說不定會再找上螢。

是不是該找人陪在附近呢？

可是……

「我不希望……是夕霧之外的人……」

只有唯一的現影可以陪在她身旁。

但她已經把夕霧借給了昌浩，所以不能說任性的話。

她平靜地、深深地吐出一口氣，用交叉的雙臂蒙住眼睛，努力把嘴唇做成微笑的形狀。

悲哀的是，不用看鏡子也知道，那個笑容一定變了形。

◇　◇　◇

混濁的綠色激流底下，有東西蠢蠢鑽動。

突然，水面爆開，水往上噴。

水面上的大洞，很快就被水流淹沒了。

沒多久，從濺起飛沫的激流狹縫間，猛然伸出了一隻手。

一個快溺水的身影，好不容易抓住坐鎮在河流裡的岩石，爬了上來。

「還……」

靠一隻手臂奮力攀上岩石的昌浩，手、膝蓋著地，痛苦呻吟。

「還以為……死定了……」

纏住腳的東西是什麼？究竟是什麼？老實說，昌浩不太清楚。因為濁流連一寸遠的地方都看不見，他又是突然被拖下去，連呼吸都很困難。

他拚命掙扎，只能憑著逐漸靠近的妖氣瞄準目標、結起手印。然而，在水裡叫喊也只會發出咕嘟咕嘟聲，沒辦法念成咒文。
最後，他是用手上的笛子毆打纏在腳上的東西，把那東西剝開，總算逃走了。對陰陽師來說，那是非常丟臉的做法。
好不容易把頭探出水面，吸了一口氣，腳又被纏住了。
——謹請此處水神……！
雖然又被拖進了水底，但水神聽見了他在千鈞一髮之際念誦的召喚詞。
他以凌厲的氣勢揮下刀印，用靈力把那東西彈開，水神的助力也帶來驚人的爆裂，水往上噴射。
昌浩瞪著右手上的笛子，吁吁喘著氣，肩膀上下起伏。
在這一瞬間，他好想大力稱讚在那種狀態下也沒放開笛子的自己！
「怎麼回事、怎麼回事……那究竟是……」
搖搖晃晃站起來的昌浩，環顧四周。
恐怕是被沖到了很遠的地方。
「呃……菅生鄉是在……」
他必須趕快回到那片岩石地。

「為什麼……一開始沒告訴我……有那種東西……」

雖然春天已接近尾聲，山裡的氣溫還是很低。

被捲入激流而凍僵的昌浩，全身溼透透地吹著風，冷得牙齒都不能咬合了。

「好、好冷……」

無論如何，非回去不可。

快到夕霧來叫他回去的時間了。沒看到正在練笛子的他，夕霧一定會擔心。

「不……」

昌浩搖搖頭。

擔心還好，就怕夕霧以為他是厭倦修行跑掉了，那就沒臉見人了。

為了名譽也為了賭一口氣，他非回去不可。

從他爬上去的岩石到岸邊，有將近一丈的距離，但應該還跳得過去。

「加……加油啊……」

他硬撐起發抖的身體，動員全身的力氣。先往下爬到靠近岩石邊緣的地方，助跑後全力跳起來。

但是……

「哇！」

凍僵的身體萎縮得比想像中嚴重，跳躍的距離遠不如預期，昌浩又濺起飛沫沉入了激流中。

差點溺水，沉沉浮浮地游到岸邊，奮力爬上岸的昌浩，嘎噠嘎噠發抖，久久沒辦法動。

「好……好冷……」

這時候如果有小怪在，就可以用來當圍巾。

不對，應該先用紅蓮的灼熱鬥氣把溼透的衣服烘乾。要不然，沒開玩笑，絕對會凍死。

凍到牙齒無法咬合，滿頭都響著嘎嘰嘎嘰顫抖聲。

這種時候，有沒有什麼好法術呢？應該有。趕快想起什麼咒文、神咒、真言或咒語啊。

他好幾次甩動冷到意識逐漸模糊的頭，絞盡腦汁思考，但已經快到極限了。

然後……

「…………」

夕霧為了尋找失去蹤影的昌浩，沿著溪流往下走，看到在岸邊手和膝蓋著地不停地發抖的昌浩，想起了小怪說的話。

淙淙水聲響徹山中，聽不見突出那之外的聲響。

平時悠閒而沉穩地流動的空氣，透著刺人的緊張感。完全沒有被風吹動的樹葉婆娑聲、鳥叫聲，太奇怪了。不但沒有鳥叫聲，連鳥的氣息都沒有。

看樣子，是很久沒醒來過的水妖醒來了。

夕霧探索氣息，得知水妖又潛入水中，回到了被打斷的睡眠中，但憤怒的氣息還飄散各處。

位於溪流中的岩石，被濡溼了。夕霧猜測，昌浩是被拖入水裡，再爬上岩石，想從那裡跳到岸上，結果沒跳到，又掉進了水裡。

他應該是擊退了水妖。夕霧知道他有那樣的實力。

但也更清楚知道，他雖然會使用靈術，基礎部分卻仍有太多的不足。

夕霧注視著從遠處都看得出來在發抖的昌浩，發現他的右手還緊握著那支竹笛，露出讚嘆與驚訝參半的表情。

# 3

待在草庵屋頂上的勾陣，看到登登走過來的小怪臉色很難看，疑惑地偏起了頭。

這裡是昌浩借住的小草庵。

前幾天下大雨，屋頂漏水，泥地玄關積滿了水。

鋪木板的房間沒事，所以昌浩並不怎麼在意。但是，半個泥地玄關都泡在水裡，還是會有問題。

小野家允許他們在借住期間隨意使用房子。昌浩出門修行，十二神將們就沒什麼事可做，所以決定來修補屋頂。

小怪去借修補屋頂的工具，卻空著手回來，勾陣覺得很奇怪，從屋頂跳下來。

「騰蛇，你很慢耶。」

「哦。」

「工具呢？」

「啊。」

如果勾陣沒問，小怪還真忘了這回事。

用兩隻前腳靈活地搔著頭低聲咒罵的小怪，被勾陣一把抓起來，拎到她的視線高度。

「你在幹嘛？」

「螢昏倒了，引發一陣騷動，所以我忘了，對不起。」

「哦……」勾陣眨眨眼睛，往本宅的方位望去，說：「有奇怪的氣息從裡面飄出來，發生了什麼事？」

小怪簡單扼要地做了說明，勾陣的眼神更加嚴峻了。

「還好吧？」

「妳是問哪個？」

是問封壺裡的妖怪？或是咯血的螢？或是在有水妖沉睡的溪流吹笛子的昌浩？或是夕霧交代的修行？

勾陣眨了一下眼睛。

「這種時候應該是問全部吧？」

「老實說，我也是這麼想。」

這些全都令人擔憂，但神將只能靜觀其變。

昌浩說過，他們想回去的話可以回去，修行也交給神祓眾全權處理了。

輪不到神將們出場。待在這裡毫無意義也是事實，乾脆回到晴明身旁也是一種選擇。

小怪和勾陣先回京城，晴明也不會責怪他們。

但他們還是選擇留下來，因為他們想看昌浩成長的過程。

回去後好一五一十說給晴明聽。

不能插手干預，總可以從遠處觀看吧？但是，感覺變得敏銳後，會察覺他們看著他吧？這樣會成為分心的重要原因。

小怪搖晃長長的耳朵。

「螢的時間不長了，情況看起來不太好。」

勾陣半垂下眼睛，隨手把小怪拋向了屋頂。

小怪穩穩地降落在屋頂上，勾陣也輕輕跳躍跟上去。

「不要突然把我扔上來嘛。」

「因為我們要開始談不好讓神祓眾聽見的話啊。」

附近沒看到任何人影，但隨處都可能有他們的耳目，因為神祓眾可是個陰陽師集團。

小怪用右後腳搔搔脖子一帶。

「話是沒錯，但他們也都心知肚明，不然不會每天開會，討論怎麼樣延長螢的壽命。」

被蟲吃得百孔千瘡的臟腑，受損狀況一天比一天嚴重。壞死的肌肉潰爛，在體內出血。用法術壓抑也已經到了極限。

小野家的直系族人，除了現任首領的老人外，現在只剩下螢一個人。山吹肚子裡的孩子出生後，就會有兩個人。螢想要活下來，把那個孩子培養成神祓眾的首領。但前提是要保住性命，否則再怎麼盡心竭力，軀殼壞了也就完了。

螢的現狀是體力、靈力、氣力都已經撐到極限，就像在危險邊緣走鋼索。

小怪和勾陣望著本宅，心情好鬱悶。

螢的生命即將結束的未來，最好來得越晚越好。

說實話，即使她在這幾天斷氣，神將們也不會受到太大的打擊。

人類的壽命非常短暫，至今以來，他們經歷過太多的別離。

他們與螢的緣分不算淺，但屆時他們只會為她的死哀悼，並不會長期處在悲傷與哀嘆中。

神將自知，在這方面他們是無情的。

只有安倍晴明與他的直系親人，才能真正撼動他們的心。

但他們還是會擔心螢的身體。

她萬一有個三長兩短，昌浩一定會很傷心、大受打擊。他們不想看到昌浩這個樣子。所以希望螢可以活長一點。

這是他們真正的心意。

「不知道孩子什麼時候出生呢。」

勾陣喃喃說道，小怪面有難色。

「聽說是夏天，可是我不知道是夏初、盛夏還是夏末。」

聽到這樣的答案，勾陣苦笑起來。

孩子出生後，小怪就不會再靠近小野家本宅了，就像它在安倍家那樣。

小怪搖搖頭說：

「夕霧希望我不要把螢的狀態告訴昌浩，等他判斷有必要時，會看時機告訴昌浩。」

「哦……」勾陣臉色陰沉地回應：「因為昌浩那傢伙如果聽到這件事，一定會擔心到沒辦法修行吧。」

看到勾陣深有所感的樣子，小怪半眯起眼睛說：

「如果只是那個理由也就罷了。」

「啊？」

勾陣不由得反問，小怪把臉拉得更長了。

「他是說……昌浩的視野太過狹窄，心有牽掛時，那種傾向更加明顯，所以聽到螢的事，很可能在修行中突然想起來，因此死於非命，太危險了……。」

勾陣連眨幾下眼睛，半晌後才說：

「的確是……」

多悲哀啊，完全沒有反駁的餘地。

好可怕的神祓眾，居然在短短幾個月內，就摸清楚了昌浩的性格。

◇　◇　◇

太陽完全下山後才回來的昌浩，打開門踏進泥地玄關一步，就往前倒下。

「昌浩?!」

慌張的小怪和勾陣趕緊衝過去，看到昌浩趴在泥地玄關，呼呼打著鼾。

「恐怕到早上都不會醒來了。不過我已經拜託人家幫他準備了晚餐，等會兒過來拿吧。」

探頭進來的夕霧，交互看著神將們。

「明天要去洞窟閉關苦修，大約去五天。這期間，螢就拜託你們了。」

沒想到夕霧會說這種話，神將們啞然失言。

「首領不在時，動不動就會有異形侵入鄉里。鄉里的人都是練家子，但我擔心原本有義務要保護他們的螢，搞不好會打頭陣出戰。」

自己在的時候，可以成為她的盾牌保護她。但閉關苦修時，萬一有什麼事，要花點時間才能趕回來。

「只有你們可以讓螢認為不必她親自出馬。」

神祓眾的陰陽師們都很強。為了統領他們，已故的小野時守不斷修行，儲備出類拔萃的實力。螢希望對哥哥有幫助，所以也練就了一身卓越的功夫。

身為首領、總領，當然要有足夠的實力，壓倒所有的神祓眾，帶領他們。反過來說，連小野家直系的人都贏不了的人，對其他神祓眾而言，就是拚了命也贏不了的可怕敵人。

小怪甩一下尾巴說：

「現在誰陪著她？」

「冰知。」

那個男人以前是時守的現影，犯了重罪，但螢原諒了他的一切。

但他對自己還活著這件事感到羞愧，所以退居幕後，過著潛沉、不被注意的生活。

神將們聽說他都是低調從事內務方面的工作。

「你無所謂嗎？」

這麼問的是勾陣，夕霧回答得清楚明瞭。

「除了我之外，在這個鄉里，沒有人比冰知更強，但螢又比冰知強。」

意思就是，比螢強的人只有夕霧嘍？

太好了，昌浩，老師非常重要呢，你想變強，就要拜強者為師。

小怪在心底深處，對累到一進草庵就倒下來的昌浩，訴說著這些充滿慈愛的話，

只是不知道昌浩會不會開心。

「明天我會在天亮前來帶他。」

送走舉起一隻手道別的夕霧後，勾陣把兩手伸到昌浩下面，把他抱起來。往下垂的雙手在泥地玄關拖行，沾滿了灰塵。

這時候，小怪去把捲起來立在牆上的草蓆攤開來。在京城，睡覺時是蓋大外褂，在這裡是蓋把布縫起來再塞進稻草的東西。

要走上鋪木板的房間前，勾陣先拍掉了昌浩衣服上的灰塵。把睡到不省人事的昌浩放在草蓆上，再替他蓋上塞滿稻草的布。

昌浩完全沒有醒來的徵兆，但仔細聽，會聽見他的肚子餓得咕咕叫。

「嗯，我還是去拿晚餐吧。」

說不定他半夜會餓到醒過來。到時候沒東西吃，就很可憐了。

「說得也是。」

勾陣欠身而起，小怪制止她，自己走下了泥地玄關。

「還是我去吧，我也想去看看螢。」

小怪可以沒有顧忌地進入本宅，只有在孩子出生前，所以勾陣默默送他出去。

昌浩借住的草庵，在小野家本宅的土地內，這塊地的面積非常大。

京城的安倍家也很大，但小野家又比安倍家大三倍。

菅生鄉的背面是山，稍微往南前進就是海。

昌浩練習吹笛子的溪流岩石，是在離菅生鄉徒步約兩刻鐘的山裡面。小怪猜測，用來閉關苦修的洞窟，應該是在更裡面的地方。

菅生鄉與其他鄉里、村莊也有往來，男人販賣雕刻品、除魔物、靈符等道具，女人則販賣織好的布、從山裡採來的山菜、果實等等，換取需要的東西。除此之外，還有很多陰陽師的案件如雪花飄來。

就像很多案件會找上晴明那樣，也有很多人仰賴神祓眾。

神祓眾也有武鬥集團的一面，所以不只對付變形怪，也經常與人類作戰。

鄉里的孩子們從懂事以前就開始練武，所以個個都是高手，現在的昌浩完全不是他們的對手。

夕霧非常了解這一點，所以把修行的重點擺在基礎上。

最近，昌浩都是回到家就昏迷，一覺睡到天亮。回想起來，也幾乎沒有時間交談。

成長痛似乎不再困擾他了，但也有可能只是睡魔凌駕於疼痛之上。

小怪想起昌浩的睡顏，唉地嘆口氣。

「加油啊。」

登登向前走的它，這麼低聲嘟囔。

夢境的視覺殘留影像，在逐漸清醒的意識角落迸裂消失。

抬起眼皮，就看見搖曳的橙色光芒照亮著昏暗的房間。那是把芯剪短以減弱火勢的蠟燭的光芒。

在竹筒四周貼上和紙的燭台，擺在房間的角落。蠟燭的火焰透過和紙，把透明竹子的模樣映在牆上。

那是竹籠眼的圖騰。

螢定睛注視著宛如在牆上跳舞的竹籠眼，輕輕開口說：

「你一直陪著我啊？冰知。」

在燈光照不到的地方，屏息凝氣待命的白髮年輕人，默然垂著頭。

「不要待在那麼遠的地方，過來一點嘛。」

螢苦笑著叫喚，冰知才默默膝行過來。

到了枕邊，冰知坐下來，看著地面，視線不敢與螢交會。

「冰知，看著我的眼睛。」

語氣並沒有命令那麼強烈，冰知的肩膀卻微微顫抖起來。
很久不曾與螢四目相對的冰知，彷彿在等待螢的處罰。
螢看著他好一會，緩緩舉起左手說：
「絕對不要想代替我哦，冰知。」
年輕人的眼睛有了反應。
螢在心中暗忖果然是這樣，嘆口氣說：
「不行哦，因為我的痛苦、悲哀，都是我的。冰知，我還有很多事要拜託你去做。」
她豎起舉起的那隻手的食指，望著天花板，一件件列舉。
「首先，你要代替忙著幫昌浩做修行的夕霧，每天向我報告長老們談了些什麼。」
「是。」
「鄉里發生的事，不管多瑣碎，都要向我報告。」
冰知默默點頭。
「偶爾去看看騰蛇他們，有沒有缺什麼、需要什麼，關照他們。」
雖然覺得他們會說什麼都不缺，但螢不管。

最重要的是讓冰知有事做。

「還有……」螢把視線轉向年輕人，平靜地說：「你要代替我和哥哥，保護大嫂和孩子。」

冰知倒抽了一口氣。

螢淡淡笑著說：「剛才我作了夢。」

「作了夢？」

「是啊，」螢點點頭，悲戚地瞇起眼睛說：「哥哥出現在夢裡，跟我說了好多話。」

從那天下雪的日子以來，時守就沒有在她的夢裡出現過。

他的神情沉穩，以非常平靜的口吻說著話。

沒辦法愛螢的時守，其實只是自以為沒辦法愛，在他自己也不了解的心底深處，明明深愛著螢。

否則，不會在最後一刻為她而哭吧？

一再向螢道歉的時守，嘴巴說現在道歉也太遲了，卻還是不停地道歉，為自己的行為後悔不已。

時守已經被供奉為神。在夢裡出現的，有可能不是時守本身，而是螢太想見到他，所以渴望以具體形狀出現在夢裡。

即便如此，螢還是想再見到他。還是想再見到身為人類的時守，而不是成為神的時守。只要能再見一次就好。

她心想說不定是祖先幫了這個忙，但很快又改變了想法，覺得那個祖先應該不會對她這麼好。

這時她忽然想起，最近都沒見到那個人了。

其實，他不用來見螢，螢也很快就要去他那裡了，所以他可能只是認為沒必要自己跑來。

「喂，冰知。」

「是。」

螢看著天花板，眨了眨眼睛。

「我能不能……看孩子一眼呢……」

冰知動著嘴唇叫喚「螢小姐」，但沒有發出聲音。

「會是小少主還是小公主呢？我總覺得會是小少主。」

「那麼，一定是那樣，是您的姪子殿下。」

螢的直覺幾乎沒有失靈過。

冰知想到時守也是這樣，許多畫面閃過腦海。

倘若他們不是兄妹、只要他們不是兄妹，當時守成為首領，威風地統領神祓眾時，螢就會成為他的左右手，獲得他絕對的信賴。

「嗯……」

回應的螢，輕聲笑了起來。

「會不會像哥哥呢？」

還是會像母親山吹呢？

希望能跟自己的長相有相似之處，哪怕是一絲絲也好，算是任性嗎？

她多麼希望在自己往生後，那孩子還會記得有個名叫螢的血脈相連的親人。

「另外，那孩子的現影還沒誕生，所以……」

閉著眼睛的螢，淡淡地接著說：

「在那之前，你要當他的現影……這是哥哥說的。」

「──」

白髮的年輕人默默低下了頭。

小怪在木門外聽著這些話。

它無意偷聽，只是剛好經過，聽見螢的聲音，又察覺到冰知的氣息，所以不由自主地停下了腳步。

不是對冰知有戒心，它知道冰知現在不可能再做什麼。

「………」

它搔搔耳朵下方，悄悄離開了現場。

廚房在哪裡呢？四處張望的小怪，忽然聞到風中有變形怪的氣味。

它動動耳朵，目光嚴厲地環視周遭。

菅生鄉不愧是陰陽師集團的住處，有好幾重的防護。然而，並非整個菅生鄉都籠罩在結界裡，只在幾個重點施行法術。

有時會有東西鑽過結界，闖入鄉里深處。當然，這些東西最後都會付出生命的代價，知道自己踏入的是怎麼樣的地方。

安倍家沒有做到這麼徹底。

「是不是該向他們看齊呢？」

不是學他們不佈設結社，而是學他們處置入侵者。

順道一提，這時候小怪腦中浮現的是少根筋的小妖們。最近，那幾個傢伙越來越不知道節制了，要好好管管它們才行。

晴明和昌浩說歸說，對它們都很寬容。雖然目前無害，但小怪不會忘記，它們過去曾經被敵人操縱，造成非常嚴重的後果。

「晴明和昌浩好像都忘了……」

小怪覺得，搞不好連陷入險境的當事人彰子本身，都忘得一乾二淨了。這個可能性不容否認，而且機率恐怕也很高。

包括螢在內，人類這種生物為什麼都這麼輕易原諒、遺忘呢？

晴明和昌浩都輕易地原諒了自己和岦齋。

不是只有他們是這樣。

凡是經歷過嚴重創傷的人，在克服創傷後，都會變得更溫柔、堅強。

剛才聞到的氣味似乎消失了。

環視周遭好一會兒的小怪嘆口氣，為了小心起見，還是在鄉里巡視了一圈。

去拿晚餐的小怪還不回來。

勾陣靠在牆上，斜眼看著與其說是熟睡還不如說是昏睡的昌浩，皺起了眉頭。

「騰蛇那傢伙怎麼這麼慢。」

是不是跑去哪廝混了？

若現在遭到敵人攻擊，昌浩恐怕也不會醒來吧？剛才叫個不停的肚子，也沒有聲音了。

昌浩每動一下，肩膀就會露出蓋在身上的布外面，勾陣怕他冷，就會幫他把布拉上來。

最近，昌浩一天都只吃一頓早餐，有跟栗子、稗子一起煮的玄米，還有加入青菜、果實的菜湯。偶爾會有魚。少許時候會有在山裡抓到的鹿、兔子或雉雞的肉。

聽說在練武時，看到果實，經過允許可以丟進嘴裡，但機會可能不多。

過著這樣的日子，原本就沒有贅肉的昌浩，被榨得更乾扁了。

每天的修練強健了肌肉，使他看起來更結實了。身體鍛鍊得太過度，反而會變得笨重，使動作遲鈍，昌浩目前的狀態最接近完美。

神祕眾是打算先把昌浩改造成適合習武的身體。

韌性與氣力，都來自充實的身體，所以他們的目標是正確的。

問題是，昌浩的感覺恐怕會跟不上急劇改造的身體。再加上這幾個月來，他的個子也急劇拉高，所以不能隨心所欲地活動，令他感到焦躁。

昌浩天一亮就醒來往外衝，回到家就昏睡過去，所以這些事都不是聽他說的，而是聽陪著他練武卻臉不紅氣不喘的夕霧說的。

「唔……唔……」

「嗯？」

昌浩發出低吟聲。

勾陣窺視他的狀況，看到他浮現苦悶的表情。

「對……不……起……唔……不行……」

舞動手腳掙扎的昌浩，不停地說著夢話。

「不……那……哇……對不……起……」

勾陣看著他半晌後，小怪拿著裝在竹葉裡的糯米飯糰回來了。順道一提，它是用前兩腳拿著糯米飯糰，用後兩腳輕盈地走回來。

輕輕關上門的小怪，看到昌浩又呻吟又掙扎的模樣，張大了眼睛。

「這小子怎麼了？」

「好像在作夢。」

「作夢？」

勾陣點點頭，小怪在她旁邊坐下來看著昌浩，用一隻前腳掩住了眼睛。

「連在夢裡都被訓練……」

該說他可憐、精神可嘉或很拚呢？總之看了教人鼻酸。

「真的呢……」

勾陣雖然點著頭，卻有種無法釋懷的感覺。

若是在夢裡被夕霧訓練，昌浩那樣的措詞似乎有點奇怪。

小怪察覺她的反應，疑惑地問：

「怎麼了？」

「沒、沒什麼。」

過了一會，昌浩大概是沒力氣了，不動了，額頭冒著冷汗。

「加油啊，晴明的孫子。」

用手帕幫他擦汗的小怪這麼喃喃說著，昌浩沒有回嗆不要叫我孫子，但眉間蹙起了很深的皺紋。

小怪和勾陣看到他那樣子，都強忍住了笑。

# 4

被召來竹三条宮的安倍晴明，在主屋跟脩子面對面。

脩子下令清場，把臉湊近晴明，近到兩人的膝蓋快碰在一起了。

「晴明，我今天又作夢了。」

「哦，作了什麼樣的夢呢？」

下意識地環視周遭，確定沒有其他人，脩子才小聲說：

「我夢見了母親。」

晴明微微張大了眼睛。

幼小的內親王不停地眨著眼睛。

「在這間主屋……有母親、敦康、媄子與我共四個人。」

大家逗弄著剛出生的媄子。

附近都沒有侍女，竹簾和板窗都拉起來，十分明亮的陽光照著外廊和廂房。涼爽的風舒適宜人，她和弟弟兩人去摘庭院綻放的花朵，拿給母親和妹妹。

「這時候，父親來了……」
父親用雙手把脩子和敦康分別抱在左右邊，笑得很開懷。
父親開心，脩子也很開心，抱住了父親的脖子。弟弟也學她，抱住父親的脖子。
父親苦笑起來，說他們抱得那麼用力他會呼吸困難。
跟父母、弟妹在一起的時光，持續到太陽下山，最後父親帶著弟、妹離開了主屋。
只剩她和母親兩人後，主屋突然變得昏暗了。
到處輕輕飄起灰白色的亮光，看起來很奇怪，給人寂寞、悲哀的感覺。
「然後……母親站起來了……」
她緊緊抱住脩子，悲傷地說她必須走了。
於是，母親從階梯走下庭院，邊頻頻回頭看脩子邊走向遠處。
脩子想追上去，但腳不能動。她好悲傷、好悲傷，不知如何是好。
「我一次又一次叫喚……母親卻還是走了……」
脩子的眼眸動盪搖曳，但幼小的她絕不掉淚。
「晴明，你說母親現在怎麼樣了？」
夢中的母親看起來好悲傷。那張令人心痛的臉，扎刺著脩子的胸口，久久不散。

「聽說人死了以後，會渡過一條很深、很黑、很大的河。」

「是的。」

這麼回應的晴明，腦中閃過停留在漆黑河岸的那張臉。

「在現世與幽世之間的河流……是兩個世界的界線。」

脩子滿臉認真地逼近晴明。

「母親是不是渡過了那條河……」

從這句話可以聽出她想再見母親一面的熱切心情，晴明瞬間屏住了氣息。

脩子抓住老人的袖子，表情扭曲變形。

「母親……」她咬一下嘴唇，接著說：「是不是……平安渡過了河川？」

雙手緊緊交握在膝上的脩子，垂下了頭。

「我很擔心……會不會因為……我太傷心……所以，一直把母親……拖住了……」

母親會不會因為自己太悲傷，所以非走不可卻還留在這裡呢？

晴明好心疼連這種時候都在壓抑自己的脩子，思索著該怎麼說，才能減輕她的心理負擔。

「人在渡過河川之前，會在所愛的人的夢裡，出現最後一次。」

脫離軀殼的靈魂，會暫時在現世與幽世來來去去，在狹縫裡飄蕩。在即將踏上旅程渡過界線河川之前，與所愛的人在睡眠中做最後的告別。

「那段時間稱為七七四十九天……皇后殿下只是停留在這裡的時間稍微長了一些，大概是為了守護公主殿下吧。」

她看著脩子回到京城、看著皇上見到女兒後多少恢復了氣力，她才渡過河川去了那個地方。

「那麼，母親現在是不是會笑了呢？」

晴明顯得有些困惑。沒有經過確認，他猶豫該不該說是。

這時，小妖們鑽過竹簾進來了。

「沒問題啦。」

「對、對，小公主殿下有我們陪伴啊。」

「她一定笑咪咪地渡過了河川。」

三隻小妖圍繞著脩子，幫她打氣。

「真的嗎？」她先盯著小妖們喃喃問道，再轉向晴明說：「晴明，真的嗎？」

晴明嗯嗯低吟，雙臂合抱胸前。

「傷腦筋呢，界線河川那邊的事，晴明我也不清楚呢……」晴明稍作停頓，抿嘴一笑說：「公主殿下，今晚睡覺前，我教妳念道咒文吧？」

修子疑惑地偏起頭。

「你們幾個，快去請在那裡待命的雲居大人準備筆和紙。」

「哦。」

「交給我們。」

「喂——」

小妖們才鑽過竹簾，在外廊待命的風音就站起來了。

「不用叫得這麼大聲，我都聽見啦。」

語氣中帶著苦笑。

暫時退下的風音，很快把硯台盒與紙張拿來了。

從風音手中接過那些東西的小妖們負責運送。

晴明在紙上流暢地寫了些什麼。

「念完這個咒文再睡覺，就能見到想見的人。」

修子的眼睛亮了起來。

「但是，」晴明又接著說：「這個咒文只有死了好幾年的人才聽得見。」

脩子頓時沮喪地垂下了肩膀，小妖們趕緊安慰她。

晴明慈祥地瞇起眼睛說：

「所以，妳前幾天夢見的那個把外衣從頭上披下來的男人就聽得見。那個男人一定知道河川那邊的事，妳可以問問他。」

晴明的語調十分爽朗，眼神卻有些閃爍。

風音從竹簾那邊，對歪頭思索的脩子說：

「晴明大人說得沒錯，今天晚上妳就念那個咒文看看吧。」

那個人一定會告訴妳答案。

脩子察覺風音的聲音裡，透著掩飾不了的笑意。

「知道了，我試試看。」

看到她點頭答應，晴明笑得更樂了。

晴明離開後，脩子直盯著咒文看。

陪在她旁邊的藤花，想起晴明臨走前與風音四目交會，意味深長地笑著。

與其說意味深長，還不如說是有什麼企圖的表情。
晴明不可能會做什麼對脩子不好的事，但藤花還是很想看看那個咒文。
「公主殿下，我可以看看晴明大人教妳的咒文嗎？」
她惶恐地詢問，脩子抬起頭，蹙著眉頭說：
「可以啊，不過……」
「怎麼了？」
「妳看。」脩子遞出紙張。
藤花看著脩子手裡的紙張。
上面的字很漂亮，用幼小的脩子也看得懂的注音寫著咒文。
夢殿之神、夢殿之神，請速速讓我見到那個還算可以的陰陽師。
看到藤花猛眨眼睛，脩子認真地思考起來。
「還算可以的陰陽師……是什麼意思呢……？」
「不知道耶……」
脩子與困惑的藤花面面相視，心中滿是疑惑。

回到安倍家的晴明，聽十二神將天一說藤花把信交給了她。

「哦？不是說要拜託嵬大人嗎……」

在伊勢時，都是飛鴉傳書，把信交給嵬，讓它飛去京城找昌浩。是有聽說，自從被天狗撞飛後，它就不太願意送了。可是，被風音諄諄教誨後，好像又開始送了。

端坐的天一，煩惱地偏著頭。

「因為聽說昌浩大人目前不在京城，嵬不知道詳細住處。」

藤花還交代，如果要交給昌浩有困難，直接撕毀也沒關係。

晴明合抱雙臂。

「嗯……」

晴明知道住處。在播磨國赤穗郡的菅生鄉。嵬也知道，但不清楚菅生鄉的詳細位址。晴明也只能猜測大約位置，還沒有實際去過。

要把信交給昌浩並不難，問題是昌浩有沒有時間閱讀送到的信。

昌浩是為了修行留在播磨，生活方式等等都跟在京城時不一樣。

題外話，神祓眾的首領曾直接告知安倍家的吉昌，必須有所覺悟，一旦決定修行，他們就不會手下留情，昌浩也可能因意外事故而喪命。

從伊勢回來的晴明，從兒子那聽說這件事，很驚訝昌浩作了這麼斬釘截鐵的決定，也不禁感嘆他真的長大了，但又覺得有點寂寞。

從此以後，昌浩將逐漸脫離晴明，踩著自己的步伐往前走。就像曾經年幼的成親、昌親，長大成人那樣。

天一低下頭說：

「對不起，晴明大人，因為是彰子小姐的拜託，我就把信收下來了，著實有欠思慮。」

天一為沒考慮到昌浩的現狀而道歉，朱雀在她身旁現身，半瞇起眼睛看著晴明。

在心中嘀咕「我是你主人耶」的晴明，接過天一遞出來的信，露出思索的表情。

「不用介意，我也想知道昌浩的狀況。」

小怪和勾陣都在菅生鄉。有他們在，不必擔心，但晴明還是很有興趣知道昌浩做了哪些修行。

如果首領的話不誇張，那麼，昌浩應該是每天都在拚命。

「請白虎或太陰……」

晴明正要說請他們把這封信送去，十二神將六合就在他旁邊現身了。

「我去。」

晴明張大了眼睛。

「啊？」

「有什麼問題嗎？」

面無表情的六合，用缺乏抑揚頓挫的語調反問，晴明搖搖頭說：

「沒有，你願意的話，當然好……」

六合嘆著氣對訝異的晴明說：

「不只彰子小姐，風音也擔心昌浩，所以嵬要我直接去確認狀況。」

現場所有人都眨了一下眼睛。

「原來是嵬……」

「是的。」

這麼回應的六合，臉上似乎透著些許疲憊的神色。晴明會有這種感覺，應該不是太多心。

大約可以想像，他們之間有過怎麼樣的交談。不過，說交談嘛，八成也是六合沉默不語，只有寃片面說個不停，根本沒給六合插嘴的機會。

雙臂合抱胸前的朱雀，鄭重地點著頭，一副打從心底同情他的樣子。

「有個監督人也很辛苦呢，六合。」

六合沒回應，似乎無意反駁朱雀的話。

「太好了，天貴，妳事後可以告訴彰子小姐，信順利送到了。」

「是啊，謝謝你，六合。」

六合以沉默回應微笑的天一。這種時候，如果是其他人這樣回應天一，朱雀就會兇巴巴地說：「我的天貴向你道謝，你的態度這麼冷漠是怎樣？」但六合平時就是那副德行，所以朱雀什麼也沒說。

「那麼……」

六合正要接過信時，傳來吉昌的詢問聲。

「父親，現在方便嗎？」

「嗯，進來吧。」

晴明一應聲，天一便行個禮隱形了。朱雀也是。六合往後退，也隱形了。室內只剩六合的神氣，天一和朱雀都回異界了。

吉昌在父親前面坐下來，深深嘆了一口氣。

「不要一來就嘆氣嘛，我做錯了什麼嗎？」

吉昌對瞇起眼睛的老人搖搖頭，蹙起了眉頭。

「我在想……彰子小姐的事該怎麼處理。」

晴明收斂了表情。

還待在伊勢時，晴明收到來自左大臣道長的信。表面上是通知他皇后定子逝世的事，但內容其實不只那件事。

信上說，等彰子回京城後，他會把彰子從安倍家移到其他宅院。然後替彰子改名字，把她嫁給家世、財力都無可挑剔的貴公子，請晴明轉告彰子。

這封信不是問彰子願不願意，而是通知已經決定的事。

左大臣的命令是絕對的，所以晴明把這件事一五一十地告訴了彰子。

聽到這件事，她繃起臉倒抽了一口氣。沉默了一會後，她說出了出人意料之外的話。

——我要繼續當侍女，侍奉公主殿下。

晴明知道那是苦肉計。

違背父親的命令，不只彰子本身會有事，連安倍家都會受到牽連。但她無論如何都不能接受父親決定的結婚對象。

她曾經接受命運，但命運改變了。

於是，她有了一個願望。她想繼續待在安倍家，希望有那麼一天，這裡可以成為自己真正的家。

然而，現在她才知道，那是不該有的願望。

所以，今後要怎麼生活，她自己作了選擇。

只要脩子首肯，她就要當侍女服侍脩子。對方是內親王，左大臣道長也不敢隨便採取行動。

最重要的是，彰子本身也有不想離開脩子的強烈意願。這是她毫不虛假的心意，而脩子也希望她這麼做。

晴明把彰子的選擇與意志告訴了道長。道長說既然這樣也沒辦法，很不情願地答應了。

不過，晴明使用了一個權宜之計。

他說在他轉達左大臣信中的內容之前，彰子就已經向脩子表明回京城後也要繼續

撒了謊。

當侍女服侍她，脩子也允許了。現在，若彰子遵從道長的命令，就會變成彰子對脩子

這個權宜之計立即奏效了。

彰子非常擔心晴明會不會惹惱道長，晴明卻老神在在地說：

——唉，晴明我都八十多歲了，記憶力不太好。實在不記得我告訴妳左大臣的信中內容，是在妳說要成為公主殿下的侍女之前還是之後……

快哭出來的彰子，看著裝傻的老人，竊竊笑了起來。

「也要囑咐昌浩才行……」

晴明也不禁沉下臉來，深深嘆息。

倘若，他們兩人還是小孩子，就能繼續作夢。然而現在已經過了可以作夢的時光。

垂下眼睛好一會的吉昌，把視線轉向了六合。

「六合，可以拜託你一件事嗎？」

沉默寡言的神將靜悄悄地現身了。

吉昌端正坐姿，有點痛苦地說：

「請把我接下來要說的話轉告昌浩。」

不能寫信。信會留下痕跡。有什麼萬一時，可能被誰看見。
六合以視線回應。
吉昌平靜地選擇措詞。
他說了左大臣的意思、彰子決定離開安倍家的理由。
聽完後該怎麼做、什麼才是最好的選擇，他要昌浩自己思考做出結論。
彰子自己結束了可以天真無邪地作夢的時光，接下來換昌浩這麼做了。
六合隱形，神氣逐漸遠去。
對自己的選擇與做法深感絕望的吉昌，虛弱無力地說：
「我是個差勁的父親。」
到這關頭才逼兒子斷念，選擇放棄這條路。
聽到兒子難過的心情，晴明苦笑著說：
「我比你更差勁。」
所以，讓我連你的份一起承受吧——老人瞇著眼睛這麼說。
吉昌露出想笑卻笑不出來的表情，歪著嘴說：
「我也讓六合扮演了差勁的角色。」

「沒關係，那也是我的式神。」

而且，沉默寡言、面無表情的六合，一定是最適合扮演這個角色的人。

# 5

睡了一晚，稍微恢復體力的螢，使力地撐起身體。

「喂、喂，好好躺著嘛。」

來探望她的小怪挑起了眉毛。

螢拱起肩說：

「我從以前就覺得……騰蛇，你太過保護了。」

小怪半瞇起了眼睛。

「啊，抱歉，你生氣了？」

「沒有。」

表情像咬碎了幾百隻苦蟲慢慢品嘗的小怪，低聲嘟囔：

「昨天夕霧也說了類似的話。」

螢張大眼睛，強壓下湧上喉嚨的笑。

「這樣啊，那麼，在這裡修行對你們彼此都好吧？」

「也許吧。」

小怪坦然回答。現在不放手的話，有什麼萬一時，受害的將是昌浩。

「那麼，可以借我拜託一下嗎？」

「什麼事？」

「好像還沒找到從壺子逃走的那傢伙呢。如果你發現它，把它封鎖或殲滅，就是幫了我大忙，不用特意，順便就行了。」

小怪聳聳肩，瞇起眼睛說：

「封鎖或殲滅哪能順便呢？」

只能專程去做吧？

被指正的螢，哈哈笑得好虛偽。

看到她臉上幾乎沒有血色，小怪瞇起眼睛，誇張地嘆口氣說：

「我會注意……」

「謝謝。」

小怪說聲再見就走了，螢目送它離去，沉重地嘆了一口氣。

勾陣沒來，是因為擔心酷烈的神氣，可能會對螢的身體造成傷害吧？

「我覺得應該不會啊……」

十二神將中最強的騰蛇，藉由變成那個白色異形的模樣，把神氣徹底壓住了。相對於它，勾陣即使隱形也會溢出些許神氣，因為太強烈了。

想起逃出京城時，還因此吃了不少苦頭，螢噗哧笑了出來。

去京城見昌浩，至今還不到一年，感覺卻像是很遙遠的事了。

昌浩和神將們都像是認識已久的知己，她的周遭也出現了劇烈的變化。

「好想再活久一點……」

好想跟大家在一起。即將誕生的孩子應該是男的，也要替他想個名字。最好是能從「時守」選一個字，再跟山吹討論，也聽聽長老們的意見。

啊，對了。

「希望哪天也能見見昌浩非常在意的那個女孩……」

他說過他們不能結婚。一定是有怎麼樣也無法解決的隱情。至於是什麼隱情，螢就不得而知了。

她張握雙手好幾次。

大概只能再使用法術兩、三次吧，超過的話，身體會撐不住。

聽冰知說，夕霧與昌浩從今天起五天，要進入洞窟閉關苦修。

那是很嚴酷的修行。

「加油啦，昌浩。」

他們要五天後才會回來。

在那之前，要讓體力多少恢復一些才行。

他們花了三個時辰才爬到了半山腰，那裡有個洞窟，上面有顆雨傘般的岩石覆蓋下來。

狹窄的入口，就像好幾顆岩石交織而成的迷宮。進到比較寬闊的地方，光線就完全照不到了。

進入洞窟前，昌浩就聽從指示，對自己施加了暗視術。夕霧也一樣。

雖然完全漆黑也看得見，但真的很暗。

豎起耳朵傾聽可以聽見水聲，在很深的地方。

也有水的氣息。洞窟內的空氣有些潮溼，由此可知經常有水。

「呃，是泉水……？」

用手摸著牆壁的昌浩喃喃低語，夕霧點點頭說：

「這邊。」

他們往洞窟裡面走。凹凸不平的地面很硬，只要偏離夕霧的腳印，草鞋的鞋尖就會碰觸到水。似乎是微小的高低差距形成的河流。

什麼都沒帶就來到這裡，應該是要邊絕食邊修行吧？有水湧出來，所以不必擔心，但肚子餓到沒辦法忍受時怎麼辦呢？

既然有水，就一定有生物。忍到極限時，或許可以抓來吃吧？應該可以。

光想像，胃一帶就騷動起來了。真不想忍到極限。只喝水，人類可以撐多久呢？這倒是個好機會，何不挑戰極限看看呢？

空氣變得非常沉重，應該走到很裡面了。

「我們要在這裡待五天，這期間，不能說任何話。」

「咦？」

昌浩驚訝地叫出聲來，夕霧淡淡地說：

「那也算是說話。」

「咦咦?!」

那麼，要沉默五天嗎？
夕霧似乎看出昌浩心裡在想什麼，又接著說：
「光沉默還不行，也不能在心裡說話。」
昌浩疑惑地皺起眉頭。
「呃，意思是……？」
「大腦也不能思考任何事。」
「…………」
昌浩心想：
不可能吧。
總而言之，就是連現在這樣想「不可能吧」都不行嗎？
「可是，沒辦法停止思考吧……」
「做別的事啊。」
在夕霧的指示下，他盡可能找到乾燥、平坦的地方坐下來。
夕霧也坐在他附近。
「就是一直念大祓詞。把精神集中在某件事上，就沒有餘力在心裡說話。」

「哦……可是，念祝詞也是說話吧？」

昌浩這麼質疑，夕霧點點頭說：

「祝詞例外，因為是神的語言，這個修行是禁止說人類的語言。」

「哦，原來如此。」

衷心讚嘆的昌浩，很快就想到了一件事。

「咦？要一直念嗎？」

「對。」

「念到什麼時候？」

傳來泉水滾滾湧出的聲音。

「傾聽大自然的聲音，就會知道該念到什麼時候。」

「…………」

昌浩心想：

要我做這種修行，我還寧可去練笛子呢。

但他不能發這種牢騷，所以跟著夕霧在黑暗中閉起眼睛，開始念大祓詞。

專心地念著念著，頭腦就逐漸放空了。

持續念了好一會兒的昌浩，覺得盤坐的腳好像碰到什麼，微微抬起了眼皮。

會是什麼呢？

有個白色的東西在視野角落隱約搖曳。

咦？

不由得張大眼睛的昌浩嚇得大叫。

「唔哇哇哇?!」

洞窟裡的岩石表面，長出幾百、幾千隻白色的手，像漂浮在水裡的海藻般搖來搖去。

很大聲的嘆息，貫穿了全身僵硬的昌浩的耳朵。

「唉……」

數不清的手突然消失了。

糟糕，叫聲也是說話。

板著臉的夕霧開口說：

「這種修行一定會有那種陷阱。」

「唔……」

沒錯，早該想到，卻掉進了陷阱裡。

合抱雙臂的夕霧，似乎在思索什麼。

沒多久，他站起來，催昌浩走出洞窟。

聽從指示走出去的昌浩，覺得光線很刺眼，瞇起了眼睛。才進去短短的時間，眼睛就適應了黑暗。

昌浩猛眨著眼睛，夕霧站在他旁邊，指著更峻峭的山說：

「那是生人勿近之山。」

「生人勿近……？」

那座山很特殊，氣場混亂。據說以前有星星掉落，攪亂了方向感，所以進入的人都會遭遇神隱，再也回不去。

菅生鄉和其他鄉里的人，都被告誡不可以進去。

但是，既然禁止進入，表示那裡保存了豐富的山產美味，所以，還是有不少人偷偷入山。

最近，這樣偷偷入山的人，遇到發出可怕叫聲的妖怪，勉強撿回一條命逃之夭夭的事件，頻頻發生。

附近鄉里的人都嚇得發抖，生怕那隻妖怪會下山進入鄉里，所以，幾天前正式委託神祓眾消滅妖怪。

「這件事很嚴重呢。」

夕霧看著表情嚴肅的昌浩，浮現複雜的眼神。

「長老們提議把這個案子交由你處理。」

「咦？」

大感意外的昌浩，眨了眨眼睛。

「他們說正好用來鑑定你的能耐。」

但夕霧認為那麼做是佔昌浩的便宜，要求他們改成去洞窟苦修五天。

沒想到，昌浩緊緊握起雙拳說：

「我願意去消滅妖怪，我會盡全力。」

與其待在那種洞窟不停地念咒文，昌浩寧可去消滅妖怪。

夕霧默默看著昌浩。從他的眼神可以看出，他早就知道昌浩會那麼說。

他嘆著氣說：

「可以在黃昏前處理完畢嗎？」

昌浩確認太陽的位置。

剛入夏的太陽，還在很高的位置。深山裡的氣溫較低，大約再三刻鐘太陽就會下山了。

「我不太確定能不能在黃昏前處理完畢。」

要看能不能順利碰到那隻妖怪。

「但是，我想我能完成這件事。」

昌浩點點頭，抖抖雙肩，意氣風發地衝了出去。

夕霧目送勇往直前的昌浩離去，喃喃低語：

「他的身體靈活多了……」

距離比想像中遠，所以，花了一刻鐘的時間才進入山裡。他必須學會，更精準地計算目測距離與實際距離的差距。

憑著走在整頓過的京城的感覺走在山裡，就會受到慘痛的教訓。

昌浩從樹木的縫隙間觀察太陽的位置。找出妖怪再消滅，大約需要一刻鐘的時間，即使拖延了，也只要一刻半鐘。

「問題是……」

在這麼遼闊的山裡，要怎麼找到那隻妖怪？

「走到太裡面，又怕出不來……」

那是一隻會發出可怕叫聲的妖怪。既然是妖怪，應該是在夜晚出沒吧？

這麼想的昌浩，停下腳步，眨了眨眼睛。

「不，等等……是來山裡摘野菜的村人碰見了妖怪吧？」

摘野菜會在太陽下山之前。也就是說，妖怪是在白天出沒。

「很少見呢……」

妖怪大多是夜行性。

「呃，若是來自隔壁的鄉里，應該是從這邊進來。」

他猜測著方向前進，看到幾條野獸曾經走過的獸道。他隨便選擇一條，往裡面走去。路是陡坡，路面又不好走，一個不小心就會摔落山下。他快速判斷出紮實的路面移動腳步，沿著野獸留下來的腳印前進。

「啊，那是山藥嗎？秋天來摘吧。」

昌浩從藤蔓和葉子的形狀判斷是山藥，眼睛亮了起來。來菅生鄉後吃過幾次。去皮磨碎，撒在糯米飯上很好吃。

鄉里的人說過，是自然長出來的，所以要去山裡摘採。既然被稱為生人勿近之山，即便多少有人入侵，一定還有很多地方沒人碰過，有豐富的野菜。

從藤蔓的粗細來看，那些山藥應該很大，必須記住地點。

「是不是最好纏上布當記號呢……」

修行真的很辛苦，吃飯是唯一的樂趣。但有時連吃飯的時間都沒有，餓到半昏倒的日子也不少。

將來會有可以安穩吃飯的日子嗎？

「唔，好像很遙遠……」

昌浩完全沒發現，在喃喃自語中，已經從崎嶇山路輕易地走到這裡了。

這兩個月來，他的體力已經進步到超越了他本人的想像。

他邊選擇可能有野菜的地方向前走，邊搜尋氣息。太陽逐漸西斜了。

「什麼都沒有呢。」

一路走來，只看到野鳥、狐狸、鼬鼠、兔子。可能也有鹿和山豬，但他只有看到牠們的腳印和糞便。

額頭開始冒汗了。他停下來用袖子擦汗，抬頭往上看，確認太陽的傾斜度。傾斜度越來越大了。

這樣下去，還沒找到妖怪，就到黃昏了。

他心想乾脆用法術引它過來吧？不知道對方是什麼妖怪，所以必須盡可能保留體力和靈力，但這樣下去只會無意義地消耗時間。

「好。」

昌浩拍手擊掌，調整呼吸。

就是在這個時候。

從裡面傳來震撼胸口的低沉嘶吼聲。

昌浩倒抽了一口氣。

樹木縫隙間有黑色東西忽隱忽現。

昌浩擺好架式，調整氣息。他知道有團東西撥開草和葉子，朝他衝過來了。

響起野獸的吼叫聲。

同一時間，一大團東西從樹叢裡衝出來。

「山豬……？」

衝出來的是身軀比昌浩龐大的山豬，應該可以稱為山頭霸王吧。

山豬吼叫著衝過來，簡直就是橫衝直撞。

昌浩轉身閃過山豬的衝撞，再重新整頓姿勢，準備防禦接下來的攻擊。

但是……

「咦？」

山豬卻目不斜視地衝下山了。

「喂——？」

彷彿不把昌浩放在眼裡。

「好像有東西在追牠？」

牠到底要逃開什麼呢？

疑惑的昌浩回頭看山豬衝出來的地方，看到有東西探出來。

「————」

昌浩不由得愣住了，猛眨眼睛。

那是鼻頭。

從樹叢裡探出來的鼻子，聞聞氣味後，又縮回去了。

然後……

灰色團塊發出吼叫聲，從樹叢跳了出來。
想往後退的昌浩，腳後跟絆到樹根，往後仰倒。
灰色團塊撲向了他，他反射性地結起了手印。
「嗡……」
昌浩開始念咒文的聲音，卻被響亮的哭聲掩蓋了。
「嗚嗚嗚嗚嗚嗚——」
「咦……？」
不是吼叫聲，而是哭聲。
大團塊在昌浩上方嗚咽哭泣。
「不是吼叫，是哭泣……？」
昌浩仔細看仰起頭壓在自己身上的團塊，眨了眨眼睛。
好眼熟。
灰色的毛、尖尖的鼻子、三角形的耳朵、大爪子、長尾巴、四隻腳、人類可以乘坐的大身軀。
嗚咽哭泣的聲音也很耳熟。

「多由良……？」

昌浩難以置信地叫喚，灰色妖狼就淚眼汪汪地猛點頭。

「太好了！居然可以遇見你……真的是、真的是……」

「呃，你……」

「會在這種地方遇見你，簡直就是大蛇神顯靈！」

「喂，你很重耶。」

昌浩想推開嗚咽哭泣的多由良，但笨重的妖狼文風不動。

「快走開啊，我不能呼吸了！」

多由良眨眨眼睛說：「哦，是嗎？」從他身上移開。

「你也常常這樣把比古壓在下面嗎？」

「怎麼可能，把比古壓扁就糟了。」

昌浩半瞇起眼睛，心想把我壓扁就沒關係嗎？

昌浩仔細端詳多由良，覺得它比以前瘦了，疑惑地問：

「多由良，你怎麼會在這裡？」

妖狼搖搖頭說：

「昌浩，先告訴我這是哪裡吧。」

「咦……？播磨的赤穗郡啊。」

聽到昌浩的答案，多由良驚叫一聲，豎起了耳朵。一直頹喪地趴在地上的它，猛然跳了起來。

「播磨？赤穗？怎麼會這樣！」

多由良說它本來是待在奧出雲。

幾天前，強烈龍捲風來襲，它怕比古被捲走，就叫比古躲進岩石與岩石之間，自己盤踞在入口處擋住風。

風太強，把它的身體捲了起來，它慌張地揮動手腳，想抓住附近的樹木或岩石，但沒抓到。

「醒來時，周遭一片漆黑……」

不知從哪來了一隻小白龜，對它說這個地方不對哦。

昌浩眨了眨眼睛。

「白色烏龜？」

多由良歪著頭說：「你知道？」

「嗯，大概……然後呢？」
「然後我看到光線，因為一心想趕回比古那裡，就往那裡衝，不知道為什麼就變成在這座山裡了。」
在它後面的烏龜好像很慌張，但心急的多由良沒理牠就跑了。
昌浩搔搔頭說：「哦，那是……」
那隻白烏龜會把誤闖界與界之間的狹縫的人，帶回原來的地方。
多由良很可能是跑錯了出口。烏龜想阻止它，但沒來得及。
妖狼沮喪地說：
「我不知道這是哪裡，想下山嘛，繞來繞去也都在同樣的地方。偶爾會碰到人，但那些人都慘叫著跑走了……」
「嗯……我想也是……」
突然跑出這種妖狼，鄉里的人當然會飛也似地逃跑。
「夕霧說氣場混亂，就是這個意思吧？」
可能是當條件齊聚時，這座山就很容易跟界與界之間的狹縫相連。
所以被當成了生人勿近之山。

「我要回去比古那裡……他一定很擔心。」

妖狼哭得一把鼻涕一把眼淚，說它不管往哪裡走，都會回到相同的地方。昌浩輕拍它的脖子，笑著說：

「我知道了，跟我走吧，應該可以出得去。」

「真的嗎？」

「大概。」

昌浩推測，多由良出不了這座山，可能是菅生鄉為了不讓來歷不明的人進入鄉內，所以施加了法術。

有各式各樣的人會誤闖界與界之間的狹縫，施法是為了讓這些不知來自何處的人，不能下山進入鄉里，盡可能回到自己原來的地方。

「啊，不過，你再經過界間狹縫，說不定就可以回到奧出雲了，你決定怎麼做？」

多由良打了個哆嗦。

「沒關係，與其穿過不知道會跑去哪裡的界間狹縫，我寧可沿著陸路回出雲。」

雖然花時間，但多由良作了可以確實回到家的選擇。

昌浩要往前走時，多由良叫他坐上來，他感謝地坐上去了。

「就從這條路直直下去，不過路很陡峭，要小心。」
「不用擔心，出雲有很多更陡峭的路。」
說得也是，昌浩想起那時候的事。
「比古怎麼樣？還好嗎？」
昌浩詢問敏捷地走下斜坡的多由良。
妖狼點點頭說：「他很好，有時道反的守護妖會來看看他。」
與奧出雲鄉的人們，也慢慢有了交流。
「比古比那時候長高了許多呢。」
多由良說得很自豪，昌浩也不認輸地說：
「我也長高了啊。」
多由良停下來，回頭看坐在它背上的昌浩。
「不，比古還是比你高大。」
「不站在一起比看不出來吧？」
「不，一定是比古比較高大，要不然就太奇怪了，當然是我們的大王比較高大。」
固執己見的妖狼，臉色越來越難看。

昌浩怕這樣下去可能會惹惱它，被甩下去，只好很不情願地說：
「我知道了、我知道了，九流王比較高大。」
「知道就好。」
多由良高傲地點點頭。
在他們交談之間，不覺中已經走出了生人勿近之山。
多由良回頭看走過的路，張大眼睛說：
「我之前走得很辛苦呢……」
昌浩從它披滿硬毛的背部下來，拍拍它的脖子，苦笑著說：
「我不是說過了嗎……呃，出雲在西邊，所以是……往那邊吧？」
確認太陽位置的昌浩，看到東方天際逐漸迎向夜晚，有點慌張。
「哇，我得在黃昏前回去呢，糟了。」
「你趕時間嗎？那麼，我載你到目的地吧？回謝你的幫忙。」
「真的嗎？……啊，還是算了。」
剎那間受到誘惑的昌浩，想到這種妖狼突然出現，恐怕神祓眾們會不分青紅皂白就發動攻擊，所以搖搖頭說：

「你還是快回去比古那裡讓他放心吧，他一定很擔心你。」

妖狼用力甩動尾巴說：

「好，你有什麼話要轉告比古嗎？」

昌浩眨眨眼睛，陷入沉思。

想說的話很多，但真要他說，一時卻又想不起來。

「跟他說哪天見個面吧……」

「知道了。」

多由良回應後，轉身疾馳而去。

目送妖狼在出雲方向消失的背影離去，昌浩唉地嘆口氣。

看到它那樣哭著跑出來，一般人當然會被嚇跑。

「總之，不是什麼麻煩的妖怪，實在太好了。」

他要趕快回到菅生鄉，報告事情的詳細經過。

「也要跟小怪他們說。」

他們一定會大吃一驚。

想到可以跟很久沒交談的小怪和勾陣說說話，他的心情就輕鬆多了。每天每天每天都忙著修行，所以他一直以休息為優先，顧不得跟他們交談。

「唔，肚子好餓……」

想起從早上到現在只喝了水，昌浩深深嘆了一口氣。

同時，又驚訝地倒抽了一口氣。

「是鄉里……？」

有股危險的氣息，出現在翻越山嶺後的鄉里方向。

# 6

回溯到昌浩進入「生人勿近之山」前的時間。

螢在小野家本宅的房間，猛然張開了眼睛。

「…………」

又作夢了。

身體好像舒服多了。

「妳醒了啊？螢小姐。」

在角落待命的冰知，察覺她醒來，出聲招呼她。

螢點點頭說：

「嗯……是不是有什麼事？」

冰知淺淺一笑，心想她還是這麼敏銳。

「不是什麼大事。剛才夕霧回來過，又去山裡了。」

「咦，洞窟的修行呢？」
冰知把昌浩被派去「生人勿近之山」消滅妖怪的經過告訴驚訝的螢後，滿臉嚴肅地說：
「聽說等昌浩回來後，會重新安排修行課程，長老們正在討論接下來要讓他做什麼。」
螢抬頭看著天花板的橫樑，皺起了眉頭。
「嗯……他們是想讓他做無言的修行吧？」
「是的。」
「那麼，山裡的神社怎麼樣？」螢提議。
冰知點點頭說：「那麼，我去轉告他們。」
螢叫住剛站起來的冰知，從床上爬起來。
「我可以出去吹吹風嗎？」
冰知面有難色。
「我只出去一下子，在宅院周邊走走而已。」
一直躺在床上，腰腿會逐漸萎縮，而且她也想呼吸新鮮空氣、曬曬太陽。

冰知聽她這麼說，才勉為其難地答應了。
「要在天空變色前回來哦。」
當太陽西斜，暮色開始低垂時，氣溫就會下降很多。
「嗯。」
等冰知出去後，螢才換掉被汗水溼透的單衣。
天氣不冷不熱，但討人厭的汗水還是流個不停。
螢在剛洗過的單衣上，穿上好久沒穿的小袖②，走下庭院。自然風涼爽宜人，她悄悄吸了一口氣。
走沒幾步，就看到山吹蹲在地上，摘用來裝飾室內的花。
「啊，大嫂。」
她不敢跑步，慢慢走過去。山吹看到螢很驚訝，趕緊站起來。
「螢大人，妳要躺著休息啊。」
山吹臉色鐵青，螢對她淺淺一笑。
「感覺好些了，所以出來散步。」然後，螢看著山吹大起來的肚子說：「可以摸一下嗎？」

應她。

「嗯，請摸。」

螢像要摸易碎物般，輕輕伸出了手。她一摸，肚子裡的孩子就動了，像是在回應她。

「啊，動了。」

螢張大了眼睛，山吹微微一笑說：

「這孩子一定知道是螢大人。」

「是嗎？希望是這樣。」

螢閉上眼睛，在心裡喃喃說著：「可不可以早點出生呢？要不然，我怕我們會見不到面。」又悄悄念了咒語：「要健康、平安地出生哦。」

「螢大人，風漸漸轉涼了，請回房吧。」

山吹擔憂地說，螢苦笑著對她點點頭，反問她說：

「妳呢？大嫂。」

「我要再去摘一點花。」

山吹稍微提高竹簍給螢看，裡面裝滿了庭院的野生紫斑風鈴草。

「我也去，可以散散心。」

「不行，冰知會罵我。」山吹緊張地搖搖頭，微微豎起了眉毛。「螢大人，妳還要好好把這孩子撫養長大呢。」

神祇眾的山吹，知道自己肚子裡的孩子是什麼樣的處境。她雖是母親，但撫養孩子的人將不會是她，因為這孩子是小野家未來的繼承人。

小孩要交給小野家撫養。她已經作好心理準備，自己只能照顧孩子，沒有任何權利。時守很愛她，也給了她未來的承諾，但是在向眾長老報告這件事取得同意前，時守就死了。

傳出時守被殺的消息時，山吹也想隨他而去。但發現有了孩子，就打消了念頭。正在煩惱沒有人可以商量時，冰知悄悄帶著時守的遺物來找她。

她把懷孕的事告訴了冰知。萬萬沒想到，這件事會促使冰知行兇。

直到一度被趕走的夕霧回來，揭開時守死亡的真相，她才知道所有的事。

知道是自己的言行促使冰知犯罪，她很想以死謝罪，但想到孩子，又不能那麼做，所以自暴自棄了一段時間。

螢不但決定把她當成時守的妻子，迎回小野家，並宣佈哥哥的遺孤將成為神祇眾的下屆首領，自己會當孩子的監護人，負起責任把孩子撫養長大，還說服了眾長老。

螢告訴過山吹，所謂撫養，也只是意味著會把孩子鍛鍊成陰陽師、神祓眾的首領，並不是要把孩子從她手中奪走。螢甚至低頭求她說：「孩子已經沒了父親，希望身為母親的妳，起碼可以陪在孩子身旁。」

因為這樣，山吹有了覺悟。她告訴自己，她只是代理孕母，生下孩子的人是她，但這孩子是小野家的下屆首領。她絕不能走到幕前，也沒有那樣的立場。

螢把沒有正式結婚的山吹稱為大嫂，對她非常照顧。她覺得這樣就夠了，甚至好得有點過了頭。

「撫養孩子的人還是大嫂啦，我只是負責鍛鍊而已。」

螢苦笑著說。不管山吹怎麼想，她都是母親。養兒育女是母親的責任，而不是不知道將來會怎麼樣的自己。

「那麼，請協助我，光靠我絕對照顧不來。」

「咦，我不太會哄小孩耶，因為身邊都沒有小孩……」說到這裡，螢啪地拍一下手說：「啊，對了，有個人很會照顧小孩，改天我問問那個人願不願意幫忙。」

神祓眾一直在觀察安倍家的動靜，所以螢非常清楚，安倍晴明的小孫子是怎麼成長的。

聽見烏鴉的叫聲，螢抬頭看著天空。

好幾隻黑鳥的身影，橫越過逐漸轉為橙色的西邊天空。

那是宣告一天結束的聲音。

烏鴉的聲音帶來了冷風。

「大嫂，花明天再摘，進屋裡去吧。」

身體著涼就不好了。現在雖是夏天，但吹到夜風還是會冷。

菅生鄉群山環繞，除此之外，也還有很多因素會使氣溫下降。

「螢大人，妳先回去，我從後面繞過去。」

「知道了。」

螢不動，山吹也不會動。在這方面，山吹很堅持。

為了讓她快點進屋內，螢匆匆離開了現場。

看到螢從外廊進入屋內，山吹才鬆口氣走向後門。

小野家很大。螢的房間朝南，採光最好。但她休息時，總是把木門、板窗通通關上。冰知說是因為吸到戶外的空氣不好，但山吹知道螢是不想讓家人看見她痛苦的樣子。由此可見，她已是風中殘燭了。

首領不只是地位，也是神祓眾的精神支柱。然而，年老的首領因為時守之死，喪失了氣力。時守不在了，現在所有的重擔都落在螢單薄的雙肩上。

「不知道有沒有我幫得上忙的地方……」

山吹希望多少可以回報螢。

她把竹簍放在檐前，用桶子汲來一點水，輕輕灑在花上。這些花要用來插在好幾個房間的花器裡。

「配點綠葉會更好看、更漂亮。」

山吹走到庭院深處，尋找綠色葉子。她選擇了花朵跟自己同名③的樹木，正在選枝椏時，察覺奇怪的氣息，不經意地往那裡看。

有細細的黑影在她腳下延伸。

當她低頭看時，從黑影噴出黑繩子般的東西，纏住了她。

「啊————！」

山吹嚇得失聲驚叫。

進入房間的螢，搖晃地蹲下來，輕微的暈眩讓她無法站立。

「我真沒用……才出去一下就……」
她擦去額頭上冒出來的冷汗，打算躺下來休息，把手伸向腰帶時，從外面傳來了尖叫聲。
她還來不及思考，就先衝出了房間。
赤腳跑下庭院，四處張望。
「大嫂！」
從被庭院樹木遮住的地方，飄來異樣的氣息。
螢認得這個氣息，是從那個壺子逃出來的妖怪。
封鎖被解除後，那隻妖怪不知道是養精蓄銳，還是力量復原了，散發著比記憶中更強大的妖氣。
形狀還不固定的黑色妖怪，在棣棠花樹附近蠢動，猶如好幾條繩子延伸的妖體纏繞著山吹。她緊閉著眼睛，拚命扭動身體，試圖用雙手保護肚子。
「大嫂！」
聽見螢的叫聲，山吹猛然張開眼睛。
「不可以，螢大人！快來人啊……！」

螢用右手結起手印。
「這是什麼東西？」
從來沒見過這樣的東西。勉強來說，就像山海經裡描寫的太歲吧。一大團扭曲的東西，到處凸起延伸。展開的身體邊緣有腳，像水母般搖來搖去，纏住樹木，把葉子扯下來，吞進身體內。
不像是在吃葉子，感覺是碰到什麼就把什麼吞進去。
小袖的下襬會纏住腳，不方便行動，螢心想再麻煩也該穿水干服④來。
響起啵叩啵叩的聲音，妖怪全身出現了好多條裂縫。仔細一看，是無數的眼睛。
那些眼睛同時注視著螢。從未見過這樣的東西。
「在壺子裡變了樣嗎……」
那個小壺子裡應該封鎖了很多隻妖怪，可能是漸漸融合成了一隻妖怪。
難怪從來沒見過。
異樣的妖氣越來越強烈，妖怪的眼睛炯炯發亮。
長長的腳翻騰地蠕動著，把被抓到的山吹舉起來。
「住手！」

高舉著刀印的螢，聽見心臟在胸口劇烈跳動，本能對她喊著不可以！

妖怪揮起腳來，襲向了螢。她想往後跳開，腳卻被小袖的下襬纏住，頓時失去平衡，摔倒在地上。

妖怪的腳追上來，螢翻滾著閃開時，聽見刺耳的尖叫聲。

她驚慌地倒抽了一口氣。

被妖怪抓住的山吹，露出跟剛才完全不一樣的抽搐表情，彎曲著身體。

「唔……啊……」

按著肚子、全身顫抖、邊冒冷汗邊喘息的山吹，腳下流著液體。

螢大驚失色。

難道是要分娩了？

山吹發出微弱的叫聲，扭動身體。妖怪把她緊緊勒住了。

螢咬住嘴唇，心想為什麼這時候夕霧不在附近呢！

「恭請奉迎……」螢舉起手印大叫：「天滿……」

心臟怦怦狂跳，如錐子鑽刺的劇痛襲來，螢屏住了氣息。

無法呼吸、步履蹣跚的螢，按住了嘴巴。從她發出咻咻聲響、吸入空氣的嘴巴，噴出了鮮紅的水霧。

閒著沒事幹就打掃草庵的小怪和勾陣，望著擦得乾乾淨淨的地板，滿足地點著頭。

「很好，明天來洗木門。」

用兩隻前腳扠著腰的小怪這麼宣佈，勾陣回它說：

「不是擦而是洗？」

「是啊，拆下來洗，再順便洗牆壁。」

昌浩不在，所以門戶大開、任憑風吹雨打都沒關係。

「那麼，你應該在擦地之前先洗牆壁和木門吧？」

「無所謂啊，反正多得是時間，在昌浩回來之前打掃完就行了。」

聽小怪這麼說，勾陣沉思了一會說：

「哦，也是啦……」

不全然同意，但時間的確多得是。

「大掃除結束後要做什麼？」

「修屋頂。」

「修完後呢？」

「磨外牆。」

「磨完後呢？」

「拔外廊前面的草啊。」

「接下來呢？」

「修剪庭院樹木。」

「然後呢？」

勾陣淡淡地問，小怪嗯嗯嗯嗯地低吟。

「好閒吶……」

閒到沒事可做。

合抱雙臂的勾陣歪著頭說：

「去問神祓眾可不可以去看昌浩的修練狀況吧？」

小怪面有難色地說：

「不行啦，打擾他不好吧。他可是拚了命呢，我們也抱定了發生什麼事都無所謂的覺悟……到底要做什麼呢？」

勾陣點點頭，同意它說得一點也沒錯。這時，離他們很近的地方出現了可怕的妖氣。

小怪的耳朵直直豎起。

「這是……」

沒錯，是從壺子逃走的妖怪，但感覺比當時強大了許多。

勾陣嘖嘖咂舌。

菅生鄉的地氣特別強烈。妖怪恐怕是吸食地氣，增強了原有的妖力。

小怪和勾陣衝出了草庵。

妖氣籠罩四周。

妖怪是為了不讓任何人介入，築起了妖氣的保護牆吧？膝蓋彎曲蹲下來的螢恍惚地思忖著。

胸口好熱。每吐一次血，手腳就越冰冷。

按著嘴巴的雙手，漸漸被染成了紅色。

勉強張開眼睛的螢，看到山吹邊痛苦掙扎邊拚命護著肚子。

啊，我要救他們，他們是哥哥的妻子和孩子。

淚水從眼角滑落。全身虛脫。意識逐漸模糊。

她拚命想站起來，但胸口紛亂，恍如有好幾根錐子在鑽刺。她覺得呼吸困難，膝蓋無力地彎下來。

妖怪忽然放開了山吹。

咚吵摔落地面的山吹，掙扎著逃開，盡可能遠離妖怪。

一大團的妖怪朝向螢移動，似乎想先收拾瀕死的獵物。

螢竊竊一笑。

很好，朝著我來吧。快點來。我要趁你把注意力放在我身上時，擊破妖氣的保護牆。

起碼要讓山吹逃出去。

家裡的其他人應該也察覺這個騷動了。只要趁隙擊破保護牆，接下來冰知就會想辦法解決。

不過，真沒想到妖怪會躲在這麼近的地方。

山吹爬向了妖氣的保護牆邊緣。

螢強吞下湧上喉頭的東西，使出了全身的力量。

「星星之……祓……」

妖怪逼近了螢。

「恭請……五方……」

螢緩緩結起血淋淋的刀印。

數不清的眼睛凝視著螢。

「唔……」

熱熱的東西湧上喉頭。

螢用刀印畫出了五芒星。

「祓除……！」

螢朝著妖氣的保護牆而不是妖怪，正要把刀印揮出去時，像黑繩般的妖怪的腳從死角伸出來，纏住了她的手。

瞠目而視的螢，發現妖怪的無數隻眼睛裡，有一隻盯住了山吹。

看到妖怪的眼睛喜悅到變了形，螢試圖甩開黑色繩子，但繩子動也不動。

妖怪緩緩抬起腳，把螢的身體倒吊到半空中，抖動著龐大的身軀，大大張開正中央的嘴巴。

山吹發出了嘶啞的尖叫聲。螢的眼角餘光看見纏住山吹的腳的黑繩。山吹的身體被拖行，拖向了妖怪的身體。

妖怪的腳纏繞螢的全身，慢慢勒緊，螢的頭往後仰。

忽然，聽見有人叫喚。

她拚命移動視線，看到冰知、長老們還有小怪和勾陣，都站在妖氣的保護牆外。

勾陣推開要結手印的冰知，高高舉起了雙手。螢看到從她雙手間冒出來的鬥氣，鬆了一口氣。

啊，沒事了，大嫂和孩子都會獲救。

趁妖怪看著自己時，快行動、快行動啊。

被妖氣包覆的全身，逐漸冷得像冰一樣。在這樣的感覺中，她動起了嘴唇。

好想再見夕霧一面啊。

忽然，勾陣的動作在螢的視野角落靜止了。

她秀麗的臉龐愕然凝結。

同時，螢的耳邊響起呼嘯的風聲。

銀光一閃，纏住螢的身體的妖怪的腳就全被砍斷了，有人抱住了她失去支撐而往下墜的身體。

螢看到妖氣保護牆外的勾陣，雙眸亮起了金色的光芒。一個低沉渾厚的聲音，鑽進了她的耳朵。

「笨蛋——」

眼皮顫動的螢，緩緩抬起頭，看到一張精悍的臉帶著嚴峻的表情。

「枉費妳是我的後裔，居然輸給這種程度的妖怪，真是可嘆。」

冰冷的眼神、毫不留情的措詞，都只給螢親切的感覺。

螢泫然欲泣的臉皺成了一團，忍了又忍，一直壓抑到現在的情緒，在非人的鬼面前崩潰了。

「篁公……！」

一身黑衣的冥府官吏，單手抱住用虛弱無力的手抓住自己的螢，揮出了右手的劍。

「別再一副楚楚可憐的樣子，妳要渡過河川或鑽過那扇門都還嫌早。」

男人抱著倒抽一口氣的螢，把視線轉向了妖怪。

「忘記原來模樣的妖怪，我會馬上葬了你，開心吧！」

就在冥官傲然放話的同時，妖怪發出了嘶吼聲。

「這麼開心啊？」

無數隻眼睛炯炯發亮，凝視著冷笑的男人，從全身伸出來的黑繩，猛然發動了攻擊。

但冥官的動作更快。

轉眼間，男人的劍尖已經突破妖怪的防守範圍，刺進了妖怪大張的嘴巴。

把螢整慘的妖氣從根部被斬斷，垂死般的吼叫聲震動地面。

妖氣的保護牆瞬間潰決粉碎。

意識模糊的螢，肩膀上下起伏喘著氣，往那裡望去，看到不只妖氣的保護牆，連冰知、長老們都被炸飛了，所有人堆疊在一起。

唯獨鬥氣四射的十二神將站在那裡，用兇狠的目光射穿了冥官。

「——」

勾陣緩緩拔出腰間的筆架叉。

冥官斜眼看著勾陣的舉動，把插進妖怪身體的劍橫向一劈，起舞般砍斷了妖怪。

劍光一閃便祓除了妖氣，妖怪的身體也化成沙子瓦解了。

就在勾陣蹬地躍起的同時，冥官也轉過身去。

被他抱在懷裡的螢，頭髮飄起來，身體感受到輕微的衝擊，剎那間，武器相互撞擊的尖銳聲貫穿了耳朵。

展開肉搏戰的勾陣，散發出不折不扣的殺氣，令螢屏住了氣息。

她似乎曾經被這個男人害得很慘，螢想起第一次遇見她時，她激動的模樣。

胸口一陣紛擾，螢皺起了眉頭。

勾陣的鬥氣扎刺著皮膚。胸口的傷勢隱隱作痛，引發悶疼，宛如慘叫般不停地蠢動。是勾陣過強的神氣，攪亂了螢體內的氣的循環。

螢彎曲著身軀，屏住了呼吸。勾陣又舉起了一度放下的筆架叉，冥官看螢一眼，便正面迎了勾陣的目光。

「妳有何貴幹？十二神將。」用劍身輕鬆擋住勾陣全力砍下來的筆架叉的冥官，漆黑短髮在鬥氣的風中飄揚，傲然笑著說：「我沒時間陪妳玩。」

冥官的雙眸閃過酷烈的光芒。

「要我陪連這樣的妖怪都抓不到、還來得這麼慢的沒用的人玩，我就更沒時間了。」

金色雙眸更加激動了。

螢屏住氣息，閉緊了眼睛。

這個男人絕對是在逗弄勾陣。

十二神將們為什麼那麼敵視冥官，螢似乎稍微知道原因了。那種措詞、趾高氣揚的態度，多少會把人惹火。

何止是多少，十二神將簡直是氣到把冥官碎屍萬段都不夠，因為冥官曾隨心所欲地操控他們，徹底粉碎了他們的自尊。也就是說，他們曾被那傢伙一個人隨意擺佈，直到現在誰都不知道真正詳情。也因此，更滾滾燃沸了他們的憤怒、焦躁、敵意與殺機。

從勾陣的嘴唇逸出怨懟的嘶吼。

「我要把欠你的東西如數奉還，你感激地收下吧。」

「不用。」

冥官冷冷回應，擋開了筆架叉。收回來的劍砍斷了勾陣的幾根頭髮，將筆架叉的刀尖從死角往上頂。

勾陣有兩把武器。冥官輕易閃過以螢的頭髮為掩飾，直刺喉頭的刀尖，瞇起眼睛說：

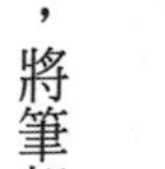

「我說了，我沒時間陪妳玩。」

遊刃有餘的態度更激怒了勾陣。強度加劇的神氣漩渦狂亂，捲起了沙土，化為沙塵暴。

刀劍一交鋒，便會噴出鬥氣，強風將庭院的樹木吹倒、撼動地面。與武器同時被揮出的神氣，爆裂開來。

這樣下去，整個鄉里都會被牽連，導致嚴重損害。

神祓眾們合力築起了結界。

冥官似乎在等這一刻，從全身迸出了淒厲的鬥氣。

神祓眾們被氣的漩渦彈飛出去，再也站不起來。劇烈的鬥氣龍捲風讓他們呼吸困難，只能傾注全力保住結界。

冥官的雙眸清澈地閃爍著冰冷的光芒，把武器的劍尖對準了勾陣的要害。勾陣計算距離，逐漸逼近。

冥官稍稍往後退，放低重心，擺出應戰姿態。

「喀……」

忽然，微弱的咳嗽聲震動了冥官的耳朵，他挑動了一下眉毛。

雙手掩住嘴巴的螢，臉色慘白，拚命壓住了咳嗽。看見紅色液體從她指間滲出來，冥官的眼皮微微顫動。

冥官把劍尖稍微朝下。

勾陣反握右手的筆架叉，纏住冥官的劍，揮起了左手。筆架叉的刀尖擦過冥官的右臉，劃下一條紅色血痕。

收回刀刃的勾陣，正要往冥官的脖子的要害砍下去時，有隻手從後面伸過來，抓住了她的手臂。

雙手都被困住的勾陣，對著在她背後繃著臉的凶將大叫：

「不要阻礙我！」

「勾。」

勾陣不理會勸阻的叫喚，又重複說了一次。

「不要阻礙我！」

看到位置比自己高的雙眸冷冷笑著，勾陣吊起了柳眉。

她使盡全力想擺脫束縛，但紅蓮不但文風不動，還把她從冥官身旁拉開。

「騰蛇……！」

勃然大怒的勾陣要破口大罵時，僵硬的聲音在她耳邊說：

「妳仔細看。」

勾陣反咬紅蓮說：「看什麼啦！」紅蓮蹙著眉頭說：「妳是十二神將勾陣，居然看不見？」

帶著嘆息的話語，瞬間緩和了勾陣的鬥氣。

金色雙眸的光芒熄滅，恢復深邃的黑曜石色。

在冥官懷裡的螢，呼地喘了一口氣。鬥氣消失，緊壓在身上的壓迫感也解除了。

看到咯咯咳嗽時鮮血便從指尖滲出來的螢，勾陣倒抽了一口氣。

紅蓮放開勾陣的雙臂，走向前與冥官對峙。

「冥官，放下她，快滾吧。」

「你沒資格命令我。」

冷冷撂話的男人，把螢塞給紅蓮。

「不過，我也沒閒到可以一直待在人界。」

冥官把劍收進腰間刀鞘，轉身離去。

螢緩緩張開眼睛，揚起滲出血的嘴角，微笑著說：

「公……再見……」
扭頭往後看她一眼的冥官，聳聳肩，忽地消失了蹤影。
捲起漩渦壓制全場的氣，向四方散去，神祓眾的人終於可以動了。
紅蓮把螢交給大驚失色跑過來的冰知，回頭看雙手緊握筆架叉握到手指發白的勾陣。
「勾。」
沒有回應。微低著頭的勾陣，臉被頭髮遮住，看不清楚。
即便看不見，也能清楚地感覺到她沖天的怒氣。
接下來該怎麼做才是上策呢？在越來越緊張的沉默下，絞盡腦汁思考的紅蓮，忽然聽到驚慌失措的狂叫聲。
「咦，紅蓮？為什麼？」
紅蓮趕緊變回小怪的模樣，對跑過來的昌浩說：
「你的修行呢？」
「我是正在修行啊，但擔心這裡是不是發生了什麼事，所以……」
昌浩邊回答邊悄悄觀察勾陣的模樣。

「呃，發生了什麼事？」

起初，他感覺到有股危險的氣息，然後噴出了非比尋常的鬥氣，後來甚至出現了酷烈的通天力量。

勾陣的柳眉跳動了一下。

「我去看螢怎麼樣了……」

昌浩和小怪都莫名地緊張起來，目送突然轉身走開的勾陣離去。

她走過的地方，庭院樹木折斷了、地面掀起來了，慘不忍睹。來這裡的路上會看見的灰泥倉庫處處龜裂，籬笆也傾倒了，根部一半外露。

昌浩下定決心開口說：「喂，小怪。」

「為了你好，最好別問。」先發制人的小怪甩一下尾巴，半瞇起眼睛說：「我只能告訴你，那個男人突然出現了。」

「這樣啊……」

昌浩的語氣不由得恭敬起來。

小怪說的話毫無要領可言，不可思議的是，昌浩光聽這樣，就知道出了什麼事，情況八成糟透了。

又往勾陣離去方向望去的昌浩，突然想起她說的話，眨了眨眼睛。

她說她要去看螢怎麼樣了。

「小怪，螢是不是……」

昌浩才說到一半，就有一隻手從後面抓住了他的衣領。

「嗵！」

兇神惡煞般的夕霧不發一語，把有如青蛙慘叫的昌浩拖走。

夕霧回頭對目瞪口呆的小怪短短說了一句：

「我要鍛鍊他的武術基礎。」

「哦……」小怪啪噠啪噠揮舞前腳，低聲說：「加油啦，晴明的孫子。」

被抓住衣領拖著走的昌浩，脖子被勒住，手舞足蹈地掙扎著，沒聽見小怪說的話。

小怪環視周遭一圈，唉地嘆了一口氣。

真的很悽慘。要不是神祓眾們拚了命築起結界，整個鄉里都會受到牽連，導致嚴重的災害。

事實上，勾陣對妖氣的保護牆發出最初的一擊時，小怪就被颳起的暴風吹到比神祓眾們更遠的地方，摔倒在地上了。

等它再回來時，已經築起了結界，不管它怎麼叫：「放我進去、打開結界」，奄奄一息蹲在地上的神祓眾們都沒看見它，看到冥官就激動得渾然忘我的勾陣，甚至連冥官懷裡的螢都看不見。

小怪瞇起了眼睛。

「那傢伙沒使出全力……」

發現螢吐血，他刻意接下了原本可以避開的勾陣的那一刀。看在小怪眼裡是這樣。不過，接下的那一刀，也只是擦過臉頰的程度。

「會不會是對當時那件事有點歉意呢？」

這麼低喃的小怪，用力甩了甩頭。

「不會、不會、不會、不會、不會、不會，絕對不會。那個男人不可能有這麼值得稱讚的想法。沒錯，說得也是，不可能。」

就是在這個時候，有股神氣忽然降落在自言自語的小怪背後。

張大眼睛的小怪回頭看，幾乎同一時間，六合也現身了。

「六合。」

六合對出聲叫他的小怪點個頭，訝異地環視周遭。

「這是……？」

不知道該如何回答的小怪，啞然無言，半瞇起了眼睛。

### 小怪的陰陽講座

②窄袖便服。

③棣棠花的日文是山吹。

④狩衣的一種。

# 7

螢一張開眼睛，看到倚牆而站的身影是個稀客，有點驚訝。

「真難得呢。」

一直垂著眼睛的勾陣，很快回看她，直視著她說：

「對不起……」

螢笑了。

「居然可以聽到十二神將鬥將一點紅說對不起，真的太難得了。」

咯咯笑出聲來的螢，沒多久就用雙手掩住了眼睛。

「好討厭……被大家看見了。」

壓抑許久的感情被看見了。一見到篁，她就無法克制了。

篁是小野的祖先，儘管毫不講情面、性格和嘴巴也都不太好，但還是有他溫馨的一面。

這個男人在生前、死後，都是當冥府的官吏到處行動。

不知道為什麼，螢非常喜歡這個人人都害怕的男人。說不怕他是假的，但螢覺得他看著自己的眼神，總是在不講情面中透著柔和的光芒。

今天他也沒說半句溫柔的話，螢卻覺得在他臂彎裡就安全了。

她將要去那個男人所在的冥府。想到有那個男人在，她就不怕死。她怕的是心願未了還有眷戀、怕的是不能守護首領的直系地位直到最後。

怕的是因為還不想死、不想丟下大家、想跟大家永遠在一起，而緊繃至今的心的絲線會應聲斷裂，很丟臉地被大家看到自己楚楚可憐的樣子。

「被我看見就沒關係嗎？」

現在這樣展現出快崩潰的樣子是為什麼呢？

螢用交叉的雙臂掩住眼睛，輕笑著說：

「妳那麼憤怒，卻突然停止了攻擊，是因為被騰蛇說了什麼吧？」

勾陣的表情像是被戳中了要害。

「妳肯定他，也希望他肯定妳，他卻對妳感到失望，妳的心很痛吧？」

螢平靜地吁口氣，放下手臂，抬頭看著天花板。

「我也是。為了讓冰知等所有人，肯定我可以協助哥哥，我一直努力到現在。」

螢破涕為笑說：「那個人真的很差勁呢。」

——別再一副楚楚可憐的樣子，妳要渡過河川或鑽過那扇門都還嫌早。

既然死亡的裁定者那麼說，可見是死不了吧？

他叫螢不要來，說螢還不可以去他那裡。

他說螢不該有死亡的覺悟，即使一場糊塗、狼狽不堪、一無是處、沒辦法再努力，也要抱持活下去的覺悟。

冰冷的話語背後，才是他真正的心意。

「丟臉也沒關係吧……」

在陷入沉默的房間裡，勾陣和螢同時動了起來。

從屋子深處隱約傳來了嬰兒出生的哭聲。

勾陣回到草庵，看到小怪跪坐在折疊的紙張前，沮喪地垂著頭。

「騰蛇？」

小怪抬頭看著訝異地叫喚它的勾陣，搖搖耳朵說：

「六合帶來了這東西。」

在小怪旁邊跪坐下來的勾陣，覺得寫在紙張中央的字很眼熟。是彰子的字。

「小姐寫的？」

小怪默默點頭，嘆了一口氣。

「還有吉昌的口信。」

六合說完口信就回京城了。

勾陣聽到這樣，有點受不了地說：

「那傢伙還真忙呢。」

「因為有個囉唆的監督人。」

「對哦。」

想起黑烏鴉，勾陣與小怪不由得相對而視。

想必六合也很辛苦吧？但他選擇了那樣的對象，也是沒辦法的事。

這時，響起拉開門的聲音。

具體呈現筋疲力盡模樣的昌浩，步履蹣跚地走進來。

「我……回來……了……」抬起頭的昌浩，看著小怪和勾陣，虛弱地笑著說：「好

久不見……」

打開門可以看見小怪他們，究竟是多久前的事了？

嗯嗯回應的小怪，輕輕招著手，叫昌浩過來。

「昌浩，來一下。」

「嗯？」

「我有話跟你說。」

看到小怪一臉正經的樣子，昌浩的胸口宛如蒙上一層冰冷的陰影，屏住了氣息。

當晚，晴空萬里。

看得見星星，接近圓滿的月亮高掛天空，皎潔地照亮四周。

昌浩坐在外廊，呆呆仰望著天空。

在月光下讀完好久不曾收到的信後，把信擺在旁邊，他什麼也沒說、身體也沒動一下。

表情有點惆悵，只是呆呆地凝視著月亮。

◇　◇　◇

隔天，昌浩和夕霧一起去越過兩座山頭的神社閉關修行。

「開始十天無言的修行。」

昌浩默然點頭。

跟在那個洞窟的修行一樣，不能說話。

不使用人類的語言，只使用神的語言，據說可以增強靈力。

因為有了覺悟，所以這次平安度過，迎接了最後一天的早晨。

昌浩察覺夕霧走出去的動靜，半睡半醒地爬起來。

背後有聲音對他說：「早。」他也無意識地回答：「啊，早。」

回答後，他全身僵硬。

這間神社只有夕霧跟自己，夕霧剛才出去了。

他戰戰兢兢地回過頭，看到女人的頭從天花板倒吊下來，女人與他的視線一交會，便露出奸笑，又縮回去了。

「啊啊啊啊……！」

居然到這個階段，還是掉進了最後、最後的陷阱。

回來的夕霧，看到抱著頭呻吟的昌浩，似乎察覺是怎麼回事，手按著額頭嘆了一口氣。

看起來比平時更筋疲力盡的昌浩回到住處時，夜幕已深深低垂。

儘管眼皮快掉下來了，昌浩還是盡可能靠自己的力量爬到木地板間，打開預先幫他備好的硯台盒。

他必須在眼睛還張開的時候，盡快把回函寫好。

彰子在信上說，要在竹三条宮當侍女侍奉脩子，還說沒告訴他、沒通知他，自己決定這麼做，非常抱歉。

他要回覆彰子，自己才是什麼都沒告訴她。所以，請她不必放在心上。

「…………」

小怪和勾陣看到昌浩握著筆動也不動的背影，悄悄從旁邊偷看。

問候、道歉與關心她之類的話正寫到一半，大概是思考該怎麼寫，眼皮就掉下來了。還坐著呼呼打鼾。

值得讚嘆的是，握著的筆沒掉下來，也沒弄髒信紙。

「這樣什麼時候才能回信呢？」

小怪嘆著氣把筆從昌浩手中拔出來，在信上流暢地添加了幾句話。這時候，勾陣讓昌浩躺下來，幫他蓋上了布。

「嗯，差不多就是這樣吧？」

它大略說明了昌浩的現況，最後要註明「昌浩寫到一半睡著了，所以由我僭越代筆」時，它停下了手。

「怎麼了？騰蛇。」

面有難色的小怪，冷不防地轉頭對勾陣說：

「勾，妳來寫。」

「不是寫完了嗎？幹嘛這時候要我寫？」

「妳來寫是我寫的，再順便簽上妳的名字。」

「啊？」

聽不懂它在說什麼的勾陣，眼神更加疑惑了。

小怪露出苦到不能再苦的表情說：

「我寫『我』也沒人知道我是誰，若要報上名字……」

既不能寫騰蛇也不能寫紅蓮，當然更不能寫小怪。

終於明白它在說什麼的勾陣，看著眼神百感交集的小怪，無奈地答應了。

在他們後面頻頻翻身的昌浩，表情顯得有些苦悶，不時低聲呻吟。

最近都是這樣，所以小怪和勾陣已經不再擔心了。

「最後要寫我的名字嗎？」

「對。」

「寫十二神將就行了吧？」

「那樣也行，但為了萬全，還是把名字寫上去吧。」

「回想起來，這樣寫上名字寄給什麼人，還是第一次呢。」

「嗯，好像是……」

幾天後，神祓眾的式飛到了安倍家。

然後由天一轉交給藤花的信，有昌浩、小怪、勾陣三人寫的字，看起來很稀奇。

◇　◇　◇

內親王脩子正經八百地直接切入了主題。

「我又作夢了。」

晴明鄭重地點點頭說：

「作了怎麼樣的夢呢？」

脩子雙手托住臉頰說：

「就是那個把外衣從頭上披下來的男人啊。」

「是。」

「那個黑色可怕的男人啊。」

「是。」

脩子壓低嗓門說：

「不要吃驚哦，晴明……昌浩出現了。」

這實在很難不吃驚，晴明張大了眼睛。

「昌浩嗎？」

在竹簾外不經意地聽著他們談話的藤花、風音和小妖們，聽到晴明的說話聲，彼此相對而視。

脩子微微點個頭，似乎在記憶中搜尋，眉間蹙起了皺紋。

「那個可怕的男人，在對把外衣從頭上披下來的男人和昌浩下命令。昌浩的表情非常非常痛苦，一直道歉說對不起、沒辦法。那個黑色男人的表情很可怕，只是一直笑。把外衣從頭上披下來的男人，表情很溫柔但也很疲倦，笑著把昌浩拖走，不知道拖去哪了。」

脩子停頓一下，又歪著頭說：

「那到底是什麼夢呢……」

晴明露出難以形容的表情，好似有深刻領悟、又好似沉穩、又好似溫馨。

「夢是很不可思議的東西……」

昌浩可能是在夢殿，跟那個笨蛋一起被那個可怕的男人叫去做什麼。

也就是說，他醒著時在菅生鄉累積修行，睡著後也在夢殿被鍛鍊。

太好了，昌浩，不管發生什麼事，爺爺我都會去幫你收屍。

晴明打從心底鼓勵昌浩，但他本人當然聽不見。

「有時會看到以前的事，有時會看到心裡期望的事，也可能看到未來的日子，或是意義不明的詭異的東西。所以，夢是很有意思的東西，有時有深刻的意義。」

「對了，」脩子點點頭說：「今天早上我作了很奇怪、很美的夢呢。」

「哦。」晴明回應。

脩子目光閃閃地說：「有花從唐櫃飄出來呢。」

「啊？」一頭霧水的晴明眨眨眼睛。

脩子開心地瞇起眼睛說：

「花瓣像暴風雪從很大的唐櫃飄了出來呢，很不可思議，也很漂亮。」

晴明在腦裡描繪她作的夢，也浮現出慈祥的微笑。

「想必是很美的畫面吧。」

「是啊，晴明，你想這個夢只是一般的夢嗎？還是我哪天真的會看到那樣的情景呢？」脩子滿臉認真地說：「因為在我的記憶裡，從來沒看過花從箱子裡飄出來啊。」

晴明用手指按著下巴思考。

「這個嘛……晴明我也不清楚呢。」

「晴明也不知道嗎？」

脩子意外地張大了眼睛，老人愉快地笑了起來。

「我不知道的事多得是呢。就是因為看不到未來，所以作夢是件快樂的事呀，公主殿下。」

而可以作夢的期間，是幸福的。

藤花送晴明離開後，跟小妖們和風音端坐在外廊上。

晴明告訴脩子，可以把作的夢記在日記裡，所以脩子準備了筆記本，正在記載剛才說的夢。

坐在外廊隨時等候叫喚的藤花，忽然想起什麼似地開口說：

「對了，不久前我也作了奇怪的夢。」

小妖們都豎起耳朵聽。

藤花托起了臉頰。

「好像是黃昏吧……」

在帶點橙色的亮光中，她坐在某棟宅院的外廊，眺望庭院。

可能是在不覺中打起了盹，她猛然驚醒過來，所以知道自己差點睡著了。

會驚醒是因為有人叫她。

一個年輕人從裡面走出來。臉可能是沒看到，所以不記得了。

「那個人笑著說……」

——終於睡著了呢……

一個襁褓中的嬰兒躺在他懷裡，發出香甜、健康的鼾聲。

獨角鬼張大了眼睛。

「那是誰啊？藤花。」

「感覺很耀眼，看不清楚。」

「那是哪裡啊？藤花。」

「那是什麼時候啊？藤花。」

龍鬼和猿鬼咄咄逼問，藤花苦笑起來。

「我就說是夢嘛，很奇怪、很朦朧……幾乎遺忘了，剛才聽到晴明說的話才想起來……」

然後她霍地抬起頭仰望天際。

聽到晴明說的話，她心想：

那個夢一定是不可能實現的未來。

作夢是被允許的。唯獨作夢，誰也不能阻撓。

臉看不清楚，不太記得了。但是，那個年輕人說不定是……不，一定是。

想到這裡，她就打住了。

不能說出他的名字。那是不可能的事。

所以，能作夢就很幸福了。

光是這樣，她就滿足了。

當晚，小妖們聚在一起交頭接耳。

風音正好經過，差點踢到它們，趕緊把腳縮回去。

「喂，不要聚在那種地方嘛，我差點踢到你們啦。」

「好險哪，」差點被踢到的獨腳鬼抗議：「我可不是用來踢的球。」

「是啊……」

原來它也知道自己長得像球啊？風音不禁讚嘆。

猿鬼從風音的衣服下襬爬上去。

「欸、欸，妳不是知道未來嗎？」

風音眨眨眼說：

「有些知道……」

「那麼，知道藤花和昌浩的未來嗎？」

早料到它們會這麼問的風音，在心中暗自嘆息，蹲下來說：

「很遺憾，我不知道。」

這樣的答案，引來小妖們爭相抱怨。

好差勁，妳真不夠朋友，枉費我們對妳這麼好。

風音心想我可不記得你們對我好過，但還是安撫它們說：

「是、是，都是我不好。不過，很不可思議，我就是看不見昌浩的事。」

看到風音誠懇的表情，小妖們也知道她絕對不是在敷衍它們。

三隻小妖板起臉，又彼此面對面，唧唧咕咕商量著什麼。片刻後，它們排成一列說：

「我們現在要去貴船。」

沒想到它們會這麼宣佈，風音張大了眼睛。

「啊？」

龍鬼挺起胸膛說：

「既然妳看不見，表示未來還沒成定局吧？」

「這個嘛……很難說呢……」

風音答得支支吾吾，獨角鬼舉起一隻手發言。

「所以，我們要去拜託貴船的龍神，讓昌浩和藤花得到幸福。」

「——」

風音啞然無言。

「那麼，我們走嘍。如果公主醒來要找我們，就說我們早上會回來。」

風音默然點頭。

由猿鬼帶頭，獨角鬼和龍鬼跟在後面，蹦蹦跳跳地跳走了。

「貴船很遠呢。」

「沒關係，我們有強力的支持者。」

「沒錯！」

三隻小妖一起跳過瓦頂板心泥牆，邊放聲大叫：

「喂——車子——！」

它們的身影消失在牆外沒多久，便從某處傳來逐漸靠近的嘎啦嘎啦輪子聲。

牆外隱約可見灰白鬼火，車聲逐漸遠去。

感覺氣息完全遠去，風音才喃喃說道：

「去完伊勢，又要去貴船祭拜……」

她感慨良多地嘆了一口氣。

「也太白目了……」

為什麼與昌浩相關的事，它們都這麼有興趣呢？這是個謎。

接近圓滿的月亮高掛夜空。

在皎潔的月光下，風音驟然瞇起了眼睛。

「真的看不見呢……」

怎麼樣也看不見昌浩的事。

是未來還沒成定局嗎？還是有其他原因？

恐怕誰也不知道。

風音瞥藤花的房間一眼，閉起了眼睛。

「起碼作夢的時候對自己誠實一點嘛。」

不必連在夢裡都那麼曖昧、那麼疏遠。

晴明不也說了嗎？

不知道的事多得是。就是因為看不到未來，所以作夢是件快樂的事。

所以，長埋藏在心底一定也沒關係吧？

已經過了可以天真無邪地作夢的時光。

皓皓明月俯瞰著告別作夢年紀的他們迎接下一個季節。

# 後記

二月收到讀者寄來的情人節巧克力。

是給冥官、紅蓮和羅德．司凱爾頓的。謝謝大家。姑且不論主角身分，冥府官吏是個每年都一定會收到巧克力的男人。分明是已經完結的作品的主角啊。這個男人真的太強了。

這次篇幅很少，所以簡單公佈人氣排名。

第一名紅蓮，第二名勾陣，第三名昌浩（其實紅蓮與勾陣幾乎與他同票數）。

以下依序為怪物小怪、風音、太陰、藤花（彰子）、音哉、太裳、六合、岦齋、冥官、結城。

此外，也有人投票給前些日子七集完結的《怪物血族》的咲夜與羅德，非常感謝。

很久沒出短篇集了。在雜誌刊登過的三篇，是很久以前寫的。

這次收錄時，在相隔幾年後重讀，有種百味雜陳的懷念……（笑）。

全新創作的《浮生幻夢》的標題，是與第八集《夢的鎮魂歌》相銜接。從那一集到現在發生了種種事，經過了漫長的時間。

夢是用來作的、用來編織的；夢是搆不到的；夢是想像、是斷念、是實現。

該選擇哪一個？該抓住什麼？他們的夢究竟何去何從？

接下來是幾則訊息。角川文庫版《少年陰陽師》窮奇篇全三集、風音篇全四集、天狐篇全五集，好評販賣中。《大陰陽師　安倍晴明》系列新作，將透過學藝通信社，在報紙連載。連載的標題是《聲聲啼叫再一次之虎鶇暨陰陽師安倍晴明》。

詳情請看我的 Twitter 或 Facebook，以及各官網。

另外，在數位野性時代不定期連載的《吉祥寺所有怪事承包處》，將於四月三十日發行單行本。這本以東京市街吉祥寺為舞台的現代陰陽師物語，封面圖畫是請插圖畫家宮城老師作畫。

雖是不定期連載，但今後我還想繼續寫下去。所以，懇請大家如支持《少年陰陽師》般，也支持這個作品。也希望大家能參與人氣排行的投票，並來信告知感想。

那麼，期待下一本書再見了。

結城光流

國家圖書館出版品預行編目資料

少年陰陽師．肆拾貳，浮生幻夢／結城光流著；涂愫芸譯 .-- 初版 . -- 臺北市：皇冠，2015.10
面；公分 .--（皇冠叢書；第 4506 種）（少年陰陽師；42）
譯自：少年陰陽師 42：夢見ていられる頃を過ぎ
ISBN 978-957-33-3190-2（平裝）

861.57　　104019737

皇冠叢書第 4506 種
少年陰陽師 42

# 少年陰陽師——
## 浮生幻夢

少年陰陽師 42
夢見ていられる頃を過ぎ



作　　者—結城光流
譯　　者—涂愫芸
發 行 人—平雲
出版發行—皇冠文化出版有限公司
台北市敦化北路 120 巷 50 號
電話◎ 02-27168888
郵撥帳號◎ 15261516 號
皇冠出版社（香港）有限公司
香港上環文咸東街 50 號寶恒商業中心
23 樓 2301-3 室
電話◎ 2529-1778　傳真◎ 2527-0904
總 編 輯—龔橞甄
責任編輯—程穎
著作完成日期— 2014 年
初版一刷日期— 2015 年 10 月

法律顧問—王惠光律師

讀者服務傳真專線◎ 02-27150507
電腦編號◎ 501042
ISBN ◎ 978-957-33-3190-2（平裝）
Printed in Taiwan
本書特價◎新台幣 199 元 / 港幣 67 元